D'un doux weekend

Cécile Estel

# D'un doux weekend

Editions BoD

Tous droits de reproduction et d'adaptation réservés pour tous pays.

cecile.estel@gmail.com

À Nath

# Sommaire

| | |
|---|---:|
| 18 ans ! | 11 |
| Cadeau d'anniversaire | 23 |
| Un week-end de plaisirs | 31 |
| Vivre de sexe... | 41 |
| Soirée Sextoys | 49 |
| Nath | 63 |
| Sucrerie | 73 |
| Business is Business | 93 |
| Porn-achat | 103 |
| D'agréables plaisirs | 111 |

# 18 ans !

La nuit était belle. Douce. Eclairée par un filet de lune, qui rendait transparente ma petite jupe d'été, simple tissu clair de vert et de rose, pour le plus grand plaisir des quelques passants qui se promenaient. Non pas que je sois exhibitionniste, mais ça fait souvent plaisir de sentir que l'on est observé du coin de l'œil.

Pour mes dix-huit ans, j'avais été invitée par ma meilleure amie, Ludivine. Je m'y rendais donc à pied, heureuse de me promener ainsi entre les jolies maisons de Rouen. J'ai toujours aimé cette ville aux bâtisses somptueuses et tellement anciennes. Dire qu'il y a des centaines d'années elles étaient déjà là, tout aussi resplendissantes ; un bien beau vestige d'autrefois, conservant à ses pied des rues aux pavés assez éprouvants pour les talons, mais tellement en phase avec ce patrimoine ancestral.

Je passai devant l'impressionnante cathédrale, splendide ouvrage dont le parvis accueille chaque soir des dizaines de jeunes pour des moments d'échange et de joie, aux sons des guitares, des flutes et de quelques belles voix. Mais ce soir-là, je poursuivis mon chemin, saluant au passage deux anciennes camarades de classe, qui bière à la main commençaient à profiter pleinement de la nuit qui commençait. Car maintenant, pour moi, c'était direction le Gros Horloge et la place de la Pucelle.

Il y a six mois à peine, c'est Ludivine qui avait pris dix-huit ans et pour la circonstance je lui avais payé un stripteaseur. Il était arrivé habillé en pompier et la petite vingtaine de copines avait adoré sa prestation. Son final en string rouge avait mis le feu à Ludivine, qui a du se contenter de caresser son torse d'athlète... Et déçue de n'avoir pas pu aller plus loin elle s'était isolée pendant un bon quart d'heure dans la salle de bains. Pour se refaire une beauté, m'avait-elle dit en me lançant un discret clin d'œil. Il faut dire que depuis sa rupture d'avec son dernier mec, presqu'un an plus tôt, personne ne l'avait plus vu dans le bras de quiconque. Ce que je n'arrivai pas à comprendre ; moi si j'étais un mec je ne me poserai pas de question, une belle nana comme elle ça ne court pas franchement les rues.

Bref, pour mon anniversaire je m'attendais à tout. D'autant qu'Aurélie, sa grande sœur, s'était mise à vendre des sextoys en réunions de nanas. Mais je vous raconterai ça plus tard… En tout cas, ça lui donnait de multiples possibilités de cadeau et je n'osai imaginer ce qu'elle avait prévu.

Les rues étaient plutôt calmes ce soir-là. Quelques touristes prenaient bien entendu en photo, sous toutes les coutures, le fameux Gros Horloge et son unique aiguille. Quant aux commerces, seuls les marchands de burgers avaient encore leurs portes ouvertes. Rien à voir avec la journée et ses milliers de passants, allant de devanture en devanture et les artistes de rue.

Place de la Pucelle un petit couple mignon s'enlaçait avec fougue, la fille appuyée contre l'église. Le mec avait glissé sa main sous sa jupe et je devinai à son souffle et à la façon qu'elle avait de se frotter à lui qu'elle prenait son pied. J'ai toujours adoré regarder discrètement les caresses des amoureux. L'occasion était trop belle.

Je me suis approchée un peu, le plus discrètement possible, pour mieux les entendre. Elle avait les yeux fermés et sa respiration était intense. Il gardait sa bouche collée à la sienne, comme pour mieux ressentir son excitation. Je m'approchai encore. Trop peut-être car d'un coup la fille a ouvert les yeux et m'a regardée paniquée. Un peu gênée et surtout déçue d'avoir gâché ce délicieux moment, je lui ai fait signe de continuer. Mais elle a agrippé la main de son copain et l'a retirée brusquement, replaçant sa jupe.

Elle devait avoir seize ans et son mec ne paraissait pas plus vieux. Il m'a regardé, d'abord surpris, puis avec un sourire coquin il s'est de nouveau tourné vers elle, tentant de reprendre son jeu excitant ; mais elle s'y refusait, me regardant avec un visage entre panique, désespoir et colère. Tant pis. Je lui ai simplement dit du bout des lèvres que je partais, en lui lançant un clin d'œil. Et tandis que je m'éloignai je la vis qui prenait la main de son mec et l'attirait vers les petites rues de la ville. Le spectacle aurait lieu ailleurs.

« C'est pas tout, mais je vais être en retard moi ! », dis-je tout haut, reprenant mon chemin paisible en direction de ma fête.

Cela faisait trois ans que je connaissais Ludivine. Nous nous étions rencontrées en boîte. Elle sortait avec mon meilleur ami. D'ailleurs, ce soir-là, c'est même moi qui avais du tenir fermée la porte des toilettes où elle découvrait la sexualité, dans une boîte en bord de quai. En trois ans nous avions fait nos armes ensemble dans quelques histoires d'amour. Nous partagions nos petits secrets, nos interrogations et nos fantasmes. Elle était devenue comme ma sœur. Cécile et Ludivine, les inséparables !

## D'un doux weekend

Arrivée au pied de son immeuble j'entendais déjà la musique et les copines qui chantaient et s'éclataient. A priori, il ne manquait plus que moi. J'ai monté rapidement les deux étages et je suis rentrée dans son appartement. Habituellement, je prends tout mon temps pour gravir les marches, quêtant discrètement les soupirs qui parfois s'échappent par les portes des appartements. Il m'est arrivé ainsi de profiter des ébats de couples, que je pouvais imaginer en pleine action... Et j'ai toujours eu l'imagination très fertile. Mais cette fois-ci, exceptionnellement, c'est le plus vite possible que j'ai monté les marches, impatiente de fêter mon anniversaire. Chaque chose en son temps.

Toutes mes copines étaient là. Et à ma grande surprise elles étaient toutes en pyjama, à se raconter leurs conneries. Ludivine en me voyant m'a crié

« Eh, tu sors de là, toi ! Pyjama obligatoire !

– Mais… Tu m'as rien dit. J'ai rien prévu, moi. Et puis de toute façon ça doit faire dix ans que j'ai plus de pyjama. Et les soirées nuisettes, je suis pas sûr que ça existe.

– T'en fais pas, j'ai pensé à tout ! »

Elle m'a tirée dans sa chambre et a refermé la porte derrière nous. Elle m'a tendu un petit ensemble de nuit, en fait un top et un short super sexys. Qui ne couvraient en fait que l'indispensable.

« Tu veux que je mette ça ? Sérieux, t'as rien de moins moulant ?

– À ton avis ? A moins que tu ne veuilles pas fêter ton anniversaire avec nous, tu n'as pas trop le choix. Ou alors tu viens à poil, à la rigueur, si tu es habituée à dormir nue. »

Je l'ai regardée de haut en bas. De son côté, elle avait mis un pyjama qui ne dévoilait rien de chez rien. Un vieux pyjama avec des boutons, rouge avec des rayures blanches et vertes, d'un gros tissus dans lequel on aurait pu aisément confectionner des doudous ou des couvertures pour catalogues par correspondance.

« Moi, je dois m'habiller sexy et toi tu as mis les fringues à mamie ? Tu ne trouves pas que tu exagères ?

– S'il n'y a que ça pour te faire plaisir, pas de problème. Je vais mettre aussi un petit ensemble. Jalouse, va ! »

Elle a tiré un tiroir, en a sorti un top vert pastel et un tout mini short riquiqui de la même couleur. Et elle a commencé à se déshabiller.

## D'un doux weekend

« Bah alors, qu'est-ce que tu fous ? Il faut que je te déshabille aussi, Cécile ? » J'ai du bafouiller « Euh, non, ça va » et j'ai commencé moi aussi à enlever mes vêtements.

Bien sûr, ce n'était pas la première fois que je voyais son splendide petit corps, mais après la petite aventure de tout à l'heure j'avais les idées déjà bien échauffées. Il aurait fallu d'une simple coupe de champagne pour me faire faire n'importe quoi.

Je la voyais de dos et je prenais en fait beaucoup de plaisir à la regarder. Elle était aussi grande que moi, un mètre soixante huit, les cheveux roux courts pour elle, alors que les miens étaient bruns et longs. Elle était torse nu et commençait à faire glisser son string. Elle s'est penchée en avant et j'avais une vue imprenable sur sa plus intime anatomie. Ludivine...

C'est alors qu'elle a tourné son regard vers moi et m'a lancé « Tu sais, je te vois, avec le miroir d'en face ! » Oups, je n'avais pas remarqué qu'il y avait en effet un petit miroir sur le mur. « Excuse. Je... » Je bafouillai en cherchant une issue de secours. « C'est juste que je te trouve bien bronzée. Tu fais de l'intégral ? » Elle a éclaté de rire en me faisant remarquer que j'avais vraiment une bonne vue. Il faut dire qu'elle n'avait pas la moindre trace de maillot. Chaque millimètre de son corps revêtait une belle couleur hâlée. Et nous avions longuement parlé ensemble une fois des méfaits des cabines de bronzage, ce qui fait que je ne l'imaginai pas se mettre sous une lampe entièrement nue.

Toujours en riant elle s'est mise à tournoyer sur elle-même en me demandant comment je la trouvai. De mon côté j'étais plutôt dans le brouillard. L'avoir en face de moi, les bras en l'air, en train de tourner, les seins et les fesses libres, m'avait bizarrement mis comme un vertige. Il faut dire qu'elle était magnifique. Le plus impressionnant chez elle était ce ventre si parfaitement plat, taillé à la perfection par de longues heures de sport.

« Tu es magnifique », lui lancé-je, sentant une rougeur m'envahir le visage.

Elle s'approcha de moi, me dit « merci » doucement à l'oreille et me fit un bisou sur la joue, à la commissure de ma bouche. Elle, vêtue de sa simple beauté, venait de s'appuyer contre moi, qui avais également les seins à l'air et un simple string pour tout vêtement. Elle était sensuelle et je sentais que je perdais pied. Sa peau sentait la vanille. Qu'est-ce qui m'arrivait ? J'en venais à me dire que son cadeau ce soir, ce pourrait bien être elle ! Mais non, on a toujours été deux hétéros, presque fières de l'être.

## D'un doux weekend

Alors que j'étais encore dans ce flou intégral, elle avait commencé à se rhabiller devant moi. Elle avait repris sa discussion, comme si tout était tout à fait normal.

Je la vis mettre un top très court et surtout très fin, qui ne cachait quasiment rien de ses formes. Les auréoles de ses seins se dessinaient nettement à travers cette seconde peau. Le short lui moulait ses fesses parfaites. Elle n'avait pas un seul gramme de cellulite. Oui, assurément, Ludivine était superbe. Des petits seins, comme moi : un 90B certainement, vraiment une taille de guêpe. Lorsqu'elle a fini de mettre son short, elle s'est tournée vers moi et toujours avec un immense sourire m'a lancé un grand : « Tadaaaaaaaam ; alors, on y va ? »

J'ai fini de m'habiller et je l'ai suivie. Me prenant par la taille elle nous a fait sortir de la pièce et nous sommes arrivées au milieu de toutes les copines, qui pour beaucoup avaient choisi un pyjama « de grand-mère ».

Alors bien sûr notre tenue a fait sensation. Elles se sont toutes mises à siffler et nous avons du défiler devant elles dans notre micro tenue. Ludivine s'en amusait totalement, bras levés et sourire radieux ; moi je me faisais un peu plus discrète, quelque peu gênée je l'avoue de l'effet provoqué. Mais il était bien trop tard pour faire demi-tour.

La soirée s'est passée tranquillement ; le sexe était évidemment le thème récurent, comme dans toute réunion où se retrouvent plein de gonzesses ! Nous étions toutes installées sur des couvertures, à même le sol, les unes assises en tailleur, les autres tout simplement allongées, appuyées sur un coude pour profiter de la soirée. Vers minuit Sandrine s'est mise à délirer en proposant un concours de striptease. Nous nous sommes toutes mises à rire et à clamer son nom, croyant à une blague.

Elle a commencé par enlever la barrette qui attachait ses longs cheveux bruns ; nous étions toutes assises à scander en cœur « Sandrine ! Sandrine ! » Ce qui lui a donné l'impulsion pour aller beaucoup plus loin... Elle s'est levée, a éteint la lumière principale, tourné les 2 spots restants dans le séjour, et a commencé à se mouvoir au rythme de la musique.

Dansant langoureusement, en prenant soin de déhancher avec style son fessier, elle a doucement enlevé le haut de son pyjama, bouton après bouton, laissant entrevoir sa forte poitrine ; elle l'a découverte totalement, et a jeté au sol son haut... Puis elle s'est retournée et a ôté rapidement son pantalon, en se déhanchant. Elle ne portait plus maintenant qu'un string à paillettes... De petites paillettes rondes formant un cœur, qui comme une boule à facettes jetait des éclats de lumière sur les murs et sur nous, installées autour d'elle. Assurément, elle avait préparé son coup !

Alors, poursuivant sa danse lascive, elle s'en est allée dans le couloir, sous nos applaudissements.

Lorsqu'elle est revenue, quelques secondes après, elle était toujours seins nus et en string. Mais elle n'était plus seule. Elle tenait à la main ce qui semblait être mon cadeau. Ludivine s'est levée, m'a prise par les mains et m'a faite asseoir sur une chaise, au milieu de la pièce et entourée de toutes les filles.

Mon cadeau faisait environ 1 mètre 75, était brun, avec de petites lunettes de soleil, style légèrement branleur. Il devait avoir 25 ans... Les copines s'étaient assises derrière moi et elles applaudissaient. Ludivine m'a glissé à l'oreille « Je te présente Jean. »

D'un doux weekend

# Cadeau d'anniversaire

Jean avait commencé à danser. Il avait une tenue très moulante en similicuir. Amusée, je brulai son corps de mon regard. Il enlevait lentement et en cadence ses vêtements devant moi, au rythme de *Love in C minor*, de Cerrone. J'étais aux anges. Il faut dire que le début de la soirée m'avait déjà bien échauffée.

Il a commencé par retirer ses lunettes de soleil, dévoilant un superbe regard ; des yeux noisette en amande, fins et sensuels.

Son tee-shirt alla rapidement se jeter au milieu des filles et son pantalon, qui sembla se déchirer dans toute la longueur, le rejoint tout aussi vite.

Le danseur ne portait plus qu'un simple et minuscule string, avec des scratches. Il a saisi ma main et m'a fait tirer sur l'un des côtés détachables, puis sur le second. Ludivine avait pris une serviette de bain et cachait aux autres la vision de son sexe, qui se présentait à moi, à quelques centimètres à peine de ma bouche. Un striptease intégral ! D'un beau gosse à mon goût, en plus. Les nanas sifflaient et je commençai à palper d'une main la base de son sexe. De l'autre main je caressais son torse imberbe. Il se laissait faire tandis qu'il s'asseyait sur moi, en trémoussant toujours son torse. La serviette, toujours tenue par Ludivine, ne cachait pas grand chose, mais les copines criaient « À poil ! À poil ! »

Ludivine l'a fait se lever, lui attachant la serviette à la taille. Et nous avons entrepris une lambada. Jean était en sandwich entre moi et Ludivine, totalement collées à lui. Je sentais qu'il appréciait, une érection de plus en plus forte se faisant sentir contre mon ventre. La danse endiablée sur la musique me faisait oublier les copines, toujours assises à nos pieds. Elles criaient et la situation me surexcitait.

Lorsque la musique s'est arrêtée, il m'a embrassée doucement sur la bouche, à peine une demi-seconde, en me souhaitant tendrement un bon anniversaire. Et les filles se sont mises à chanter à tue-tête « Joyeux anniversaire ».

Quant à moi, je n'en pouvais plus. Cette soirée m'avait mise dans un état incroyable. Ludivine s'est alors glissée derrière moi et m'a demandé doucement, la bouche presque collée à mon oreille, ce que je pensais de mon cadeau. Je me suis tournée vers elle et sans réfléchir une seconde je l'ai prise à pleine bouche. Elle ne faisait rien pour m'arrêter. Elle semblait y prendre goût aussi. Puis elle m'a dit, toujours aussi délicatement, à l'oreille :

« Tu sais qui c'est, le mec ? C'est le mien. On sort ensemble depuis deux semaines. Qu'est-ce que tu en penses ? »

J'ai eu un geste de recul et je l'ai regardé dans les yeux, me demandant si c'était la vérité ou l'une de ses blagues. Elle m'a fait un clin d'œil, a pris de la main droite la main de Jean et de l'autre main la mienne. Et elle nous a entraînés vers sa chambre.

J'étais un peu mal à l'aise, au vu de ce que j'avais pu faire avec son copain. Je l'avais caressé jusque dans les moindres recoins de son anatomie la plus intime, cachée sous la serviette qu'elle, Ludivine, sa copine et ma meilleure amie, tenait. Le son de la musique augmentait pendant que nous nous éloignions.

Arrivés dans la chambre, j'ai demandé de nouveau à Ludivine si c'était une blague. C'est Jean qui m'a répondu : « C'est vrai, nous sommes ensemble. Et Ludivine m'a beaucoup parlé de toi. C'est vrai que tu es splendide. Je comprends que Ludivine te trouve à croquer. »

## D'un doux weekend

J'ai du rougir. Il s'est tendrement approché de moi et m'a tout aussi doucement embrassée dans le cou en posant sa main dans mon dos. Je voyais ma meilleure amie, derrière lui, qui souriait. Je lâchai prise. Il pouvait faire de moi tout ce qu'il voulait.

J'avais, en réponse à son baiser, fait tomber la serviette qui cachait son anatomie. Ludivine s'est placée derrière moi et a entrepris de me déshabiller. Je sentais ses mains me caresser, au travers les vêtements trop fins, puis au contact même de ma peau. Elle a fait glisser les bretelles du top, a découvert mes timides seins, les a délicatement caressés, en-dessous, en entourant les tétons de la caresse de ses doigts, et à pleines mains. Puis ses mains sont descendues sous le short, suivant les lignes de mes fesses. J'ai tremblé.

Jean de son côté continuait sans interruption à jouer de sa langue avec la mienne. Ses doigts survolaient mes courbes, s'attardaient sur mes seins, mes fesses, touchaient au passage les délicates mains de Ludivine, glissaient le long de la raie de mon cul, puis venaient se promener sur les quelques poils qui taillés en V donnaient la direction de mon sexe. Ludivine a retiré totalement le short et Jean a glissé un premier doigt dans ma fente.

Je ne voulais pas laisser Ludivine en reste et je me suis retournée vers elle. Je l'ai embrassée avec fougue et passion, pendant que Jean, placé derrière moi, glissait sa tige entre mes jambes. J'ai déshabillé Ludivine en caressant avec passion toutes les parties de son corps.

Son sexe totalement rasé s'offrait alors à moi, ruisselant. Jean s'est glissé à genoux entre nous et il a entrepris de me faire l'amour avec sa bouche. Sa langue se promenait entre mes grandes, puis mes petites lèvres, s'affairait sur mon clitoris, se glissait en moi, passait discrètement sur mon anus. J'ai introduit un doigt dans le sexe de ma meilleure amie, où se trouvait déjà le majeur de Jean. Nos mains se caressaient, se joignaient à l'entrée de sa chatte. Ludivine nous a alors emmenés vers le lit.

Jean s'est allongé. Nous avons caressé son corps, centimètre par centimètre. Ludivine a littéralement avalé son sexe, l'a fait ressortir doucement en aspirant… Il m'a caressé tendrement le visage en me demandant d'accompagner Ludivine. Je me suis approchée et en alternance avec elle nous avons sucé ce beau membre. Nos langues parcouraient la tige tantôt avec douceur tantôt avec fougue. Quant à nos mains, nous les faisions glisser sur son torse et masser délicatement ses bourses. Il nous regardait faire, en se pinçant la lèvre inférieure. De temps en temps les langues se touchaient et nous en profitions pour nous embrasser goulûment, avec beaucoup de fougue. Jean s'est levé, m'a allongée sur le dos. Et ce fut à mon tour de sentir deux bouches, deux langues, deux souffles, sur mon sexe grand ouvert. Une première pour moi.

Je sentais des fourmillements dans mes jambes et mes bras ; je désirai plus que tout être prise, maintenant. Les pincements, les mordillements, les coups de langues sur mon clitoris me mettaient dans tous mes états. J'ai soulevé le visage de Jean et je lui ai simplement dit « S'il te plait, prends-moi, viens, maintenant ». Il est remonté le long de mon corps et Ludivine a glissé son sexe en moi. Il allait et venait doucement, en me regardant droit dans les yeux et en me disant qu'il me trouvait belle. Ses mots dits avec sensualité et tendresse me rendaient folle. Ludivine baladait ses doigts sur le dos de Jean, sur ses testicules, sur mes seins menus, durcis par l'excitation, sur chaque millimètre de nos peaux humides.

Sentir les caresses de Ludivine et voir son excitation à nous voir faire l'amour me donnaient de plus en plus envie d'elle. J'ai demandé à Jean d'arrêter un instant, je me suis glissée jusqu'à elle et je l'ai allongée sur le dos. Et je lui ai prodigué à mon tour un cunnilingus. C'était la première fois que je faisais ça. L'odeur et le goût me rendaient littéralement folle et l'absence de poil me permettait toutes les folies. Mon excitation devenait de plus en plus intense. Je glissais de mon côté un doigt dans mon vagin, les fesses ouvertes à son amant.

## D'un doux weekend

Jean s'est placé derrière moi et avec fougue il a inséré son sexe viril entre mes cuisses. Il semblait vraiment apprécier la vue ! Ses va-et-vient en moi se firent extrêmement rapides et ma bouche cognait parfois assez durement sur les lèvres et le clitoris de Ludivine. Elle a été la première à jouir. Ses cris étaient à peine couverts par la musique qui s'échappait de la fête. Jean, devant ce spectacle, n'a pas tenu et s'est retiré de moi, avant d'éjaculer sur mon dos. Il s'est appuyé sur moi et m'a mordillé l'oreille en me disant que j'étais merveilleuse. Ludivine s'est levée et a embrassé Jean avec douceur, en le remerciant.

Nous sommes restés quelques minutes, sans rien dire, allongés sur le lit. Sans parler. Je faisais glisser doucement, sans réfléchir, mes doigts sur le torse imberbe de Jean, en regardant le plafond. Ludivine avait posé son visage sur mon sein droit. Au bout d'une dizaine de minutes nous nous sommes levés, embrassés avec une grande douceur. Nous sommes passés sous la douche trop étroite pour nous trois et j'ai regardé Jean et Ludivine s'embrasser avec fougue et amour sous l'eau chaude qui coulait, pendant que je lavais les traces de nos ébats.

Puis presque sans rien nous dire de plus, nous avons remis nos tenues de nuit et sommes retournées à la fête, Ludivine et moi, tandis que Jean se rhabillait pour repartir.

## D'un doux weekend

Les filles chantaient, le karaoké avait été mis au plus fort afin, certainement, de couvrir nos cris. Quant nous sommes arrivées dans la salle à manger où tout le monde se trouvait, quelques copines m'ont souri. Leur regard disait beaucoup... Mais personne n'a parlé de ce qui venait de se passer. J'apprendrai plus tard que Ludivine était bisexuelle depuis deux ans. C'était le seul secret qu'elle ne m'avait jamais dévoilé, de peur de me perdre.

D'un doux weekend

# Un week-end de plaisirs

Très rapidement tout le monde a commencé à partir et Ludivine m'a prise à l'écart pour me proposer de rester avec eux pour la nuit. Je l'espérai. Je lui ai dit oui, bien entendu. Et une fois que nous n'étions plus que tous les trois, elle s'est collée, devant moi, à son homme. Elle l'a embrassé et s'est tournée vers moi pour me proposer de prendre à nouveau une douche à trois. Nous sommes allés ensemble dans la salle de bain. Quelques secondes plus tard, nous nous caressions tous les trois, nos bouches s'effleuraient, nous nous dénudions mutuellement.

Une fois que nous étions sous la douche, Jean a soulevé Ludivine, l'a appuyée contre le mur en faïence, et lui a fait l'amour devant moi. Je me suis contentée de regarder. Qu'elle était belle, enserrée par ces bras musclés. De temps en temps elle ouvrait les yeux et me regardait. Son regard, sa bouche, tout son visage reflétait la jouissance que lui procurait Jean. J'ai commencé à me caresser, avec douceur puis avec ardeur quand je voyais leur rythme s'accélérer, leur souffle s'intensifier, les cris s'élever. Et c'est presque en même temps que nous avons joui tous les trois.

Je suis restée pendant tout le week-end chez eux, ne les quittant que pour passer chez moi prendre quelques vêtements, que je n'aurai en définitive pas eu l'occasion de mettre. Nous nous sommes en effet contentés de porter des kimonos, Ludivine en ayant une petite collection. Il s'est avéré que c'était bien pratique, car ils cachaient peu de peau et s'enlevaient en un instant. Chaque mouvement était devenu sensuel. Et la douceur de la soie apportait un brin de sensualité incomparable.

Nous avons fait couple à trois et nous avons passé pendant ces deux jours près d'un quart de notre temps dans le lit. Même les repas se faisaient en position allongée.

Le samedi midi, Ludivine nous a proposé de manger des sushi. Elle a appelé un restaurant et nous nous sommes fait livrer directement à domicile. Il devait arriver dans une vingtaine de minutes.

« Cécile, on joue le livreur ?

— Comment ça ? Qu'est-ce que tu as dans la tête ? »

## D'un doux weekend

Jean s'est mis à rigoler. Apparemment, il savait ce que Ludivine avait en tête. Il s'y est mis aussi :

« Et moi, je joue pas ?

– Pfff, à chaque fois tu perds, lui a répondu Ludivine.

– Et c'est quoi, votre jeu, demandé-je.

– C'est simple, dit-elle. On fait un jeu. Celui qui perd ouvre à poil au serveur.

– Ça va pas, non ?

– Allez, me dit Jean, tu vas voir, ça dure quinze secondes, le temps de payer, et ça va te laisser des souvenirs. En fait, tu auras toujours envie d'ouvrir dans la tenue d'Ève à tous ceux qui vont venir frapper à ta porte. »

Je me suis laissée convaincre et nous avons joué. Le principe : il fallait faire rentrer le plus vite possible un énorme gode dans le cul de l'autre. Ludivine a commencé. Je tenais le chrono pendant que Ludivine mettait de la vaseline à Jean. Et elle a fait rentrer l'engin en lui, en forçant. J'hallucinai de voir Jean, à quatre pattes, les jambes écartées, avec cet immense gode qui finissait par entrer presque intégralement. Il avait une érection énorme. J'ai arrêté le chrono quand Ludivine me l'a demandé.

Ensuite ce fut le tour de Ludivine et elle m'a demandé de lui introduire. J'ai copié tout ce qu'elle avait fait à Jean et elle s'est mise à crier pendant que je lui incérai l'objet. Puis ce fut mon tour. C'était la première fois que je subissais un tel traitement. Ludivine m'a demandé qui je voulais qui me le fasse. Je lui ai demandé de me baiser avec le gode. « Délicatement, s'il te plaît... », n'avais-je pu m'empêcher de lui dire discrètement.

Pendant qu'elle me mettait la vaseline sur l'orifice, Jean a commencé, assis tout prêt, à se masturber en nous regardant. Ludivine a poussé le gode en moi. Je me sentais soumise, presque humiliée. Le passage était trop étroit. Au bout de minutes qui m'ont semblé une éternité, Ludivine a clamé « Ça y est ! Eh bien, ma cochonne, il va falloir t'élargir un peu de ce côté-là ! » et elle m'a mis une claque sur les fesses. Je n'avais pas ressenti le même plaisir qu'eux. J'avais juste eu mal. Jean s'est rapidement levé vers moi, a placé son sexe dans ma bouche et a éjaculé, en me maintenant la tête, sans rien me demander. Son foutre éclaboussait le fond de ma gorge. J'étais devenue leur objet sexuel. Et j'avais de surcroît perdu le « jeu ». C'est donc nue que j'irai ouvrir la porte, quand le livreur allait sonner.

Ce qui ne tarda pas.

Le serveur avait une trentaine d'années, plutôt beau gosse mais avec une mine bien défraichie ; il avait franchement besoin de sommeil. Il a d'abord eu un geste de recul, puis a souri en déglutissant. Il me fixait du regard, me fouillait de ses yeux. Il s'attardait sur chaque recoin, parcourait le plus rapidement possible tout ce qu'il pouvait voir. Il n'a rien dit. J'ai pris la commande, j'ai payé. Et j'ai refermé la porte sur ce type, cet inconnu, à qui je venais de livrer un instant mon intimité. Quelques secondes plus tard on a frappé à la porte. Il devait en vouloir d'avantage. Jean m'a demandé ce que je voulais faire. Je lui ai répondu « rien ». Il s'est levé et tout aussi nu que moi il est allé remercier le livreur, en lui laissant un pourboire.

Sentant que je n'étais pas très bien, Ludivine s'est assise à côté de moi et m'a demandé ce qui n'allait pas, si ça allait trop loin... Je lui ai répondu à nouveau que ça allait. Je n'avais pas envie que nos plaisirs s'arrêtent d'un coup. J'avais encore envie de profiter d'elle, de lui, d'eux... Je ne voulais pas les décevoir, leur laisser entendre que je quittais la partie.

Alors j'ai proposé de servir de plateau pour le repas.

J'ai installé des bougies pour nous éclairer et j'ai fermé les rideaux et les fenêtres de la chambre. Je me suis ensuite allongée nue sur le lit. Ainsi que je le lui avais demandé, Ludivine a placé sur moi les mets que nous allions déguster. Algues et poisson cru allaient cacher mes tétons, mon nombril, mon front, ma bouche, ma chatte, l'intérieur de mes coudes, mes genoux, et quelques autres endroits où les bouches gourmandes allaient devoir se poser. Elle l'a fait avec attention, avec douceur. Jean a pris du saké et m'en a enduit le ventre.

Puis ils se sont attablés. Pour passer d'un met à un autre je leur avais donné une consigne : faire le parcours en me léchant délicatement. Avec sensualité. Sans vulgarité. Ludivine a commencé par prendre le hajiki posé sur ma bouche. Elle l'a partagé avec moi et m'a léchée jusqu'au sein droit, sur lequel se trouvait du surumé-ika, une sorte de calamar. Puis elle a ainsi continué, passant d'un endroit à l'autre en léchant le saké qui s'était mélangé à ma sueur, les bougies faisant monter la température dans cette pièce exiguë. À ma gauche Jean accomplissait le même rite, avec la même attention. Ils conservaient tous deux les mains derrière le dos. J'avais vu faire ce repas dans un film érotique japonais. Et c'était devenu un fantasme. Je le réalisai avec beaucoup de plaisir, avec ma meilleure amie et son amant.

De temps à autre je goûtai les plats qu'ils m'apportaient du bout des lèvres. Au terme du repas, j'ai demandé à Jean d'apporter son sexe jusqu'à ma bouche. Il l'a posé sur mes lèvres et j'ai commencé à le lécher, sans jamais le sucer. Il se tendait, bougeait au rythme des sensations qu'il ressentait. Et j'ai demandé à Ludivine de me faire un cunnilingus, en conservant les mains dans le dos. J'ai glissé ma tête vers les testicules de Jean et je les ai léchés, puis doucement mordillés. Il poussait de petits cris, d'excitation et de douleur.

Puis j'ai demandé à Ludivine d'aller chercher le godemiché avec lequel j'avais connu ma première sodomie. Etonnée, elle s'est exécutée et est revenue avec ce monstre de plastique et le tube de vaseline.

« Non, Ludivine, pas la vaseline.

– Comme tu veux. Que veux-tu en faire ?

– Tu vas enculer Jean avec, pendant que je vais le sucer. »

Jean a eu un geste de recul :

« Sans la vaseline ?

– Sans la vaseline. »

Un sourire en coin, elle s'est approchée de lui. Il a écarté les fesses, passant une jambe de chaque côté de mon visage. J'avais son sexe dans la bouche et j'aspirai avec force.

Ludivine s'est placée derrière lui, a léché sa rondelle, y a introduit un majeur, puis elle a commencé à faire rentrer l'objet dans son anus. À chaque pression du gode, je sentais son gland qui gonflait. Et j'en mordillai l'extrémité. Je l'avais deviné adepte du sadomasochisme. J'avais bien deviné. Le gode n'avait pas fini de le pénétrer intégralement que déjà son sperme inondait ma bouche. Je l'ai alors poussé violemment sur le lit et je me suis allongée sur lui. Le foutre encore chaud dans la gorge, je l'ai embrassé avec fougue. Sa semence se glissait dans sa bouche. Il m'embrassait avec plus de passion encore, comme obsédé par son propre sperme.

Il m'a alors attrapée avec fougue et m'a planté sa verge encore solide dans le vagin. Il s'est dressé sur moi et pendant qu'il me pilonnait il m'a attrapée par le cou, presque à m'étouffer, jusqu'à ce que je jouisse à mon tour. Ce qui ne tarda pas. Ludivine, que la scène semblait avoir choquée, était partie sans dire un mot. Je l'ai retrouvée sous la douche. J'ai fermé la porte et nous avons partagé l'eau chaude qui coulait sur nos corps, en amies, sans caresse, sans geste intime. Simplement en amies. Un petit moment de douceur, de tendresse, avec ma meilleure amie, comme j'aurai pu en avoir avant qu'elle ne devienne celle qui partageait mes fantasmes.

Le dimanche soir est venu vite et je suis retournée chez moi, dans mon petit studio tranquille, fatiguée de ces heures de sexualité quasi incessante. A peine arrivée j'ai décroché le téléphone.

## D'un doux weekend

« Ludivine, c'est Cécile. Ça va ?

— Oui, ça va. Et toi ?

— Oui. Merci. Merci pour ce week-end, pour ces heures de bonheur. Je n'en retiendrai que le plaisir que j'ai eu à te partager, avec ton bel amant.

— Je t'aime, Cécile.

— Je sais. Moi aussi, je t'aime. Ce week-end a changé à jamais ma vie. Ma vision de toi. Pas en mal, rassure-toi. En différent. Je garderai éternellement le souvenir de ton visage, au moment où tu jouis. Tu es belle. Tellement belle, quand tu jouies.

— Merci. C'est mignon... et touchant aussi. Bisous.

— Bisous. »

Les voix étaient tendres. Douces. Comme volant dans l'air. Légères. Amoureuses.

J'allais raccrocher.

« Au fait, Cécile, Jean m'a chargé de te dire qu'il a adoré le goût du sperme. Il souhaitait te remercier pour cette nouvelle expérience. »

Et j'ai raccroché.

D'un doux weekend

# Vivre de sexe...

Le mercredi qui a suivi, Ludivine est passée à l'improviste chez moi, le soir. Elle portait un short à paillettes qui lui moulait le cul et un tee-shirt qui lui arrivait juste au-dessus du nombril, laissant apparaître son ventre toujours aussi superbe... Mais, m'a-t-elle dit assez vite, elle n'était pas là pour ça. Dommage, mais bon ; ça n'était que partie remise.

Elle avait plutôt envie de discuter. Nous avons parlé des études de médecine que j'envisageai, de son emploi à temps partiel dans une petite boutique du centre ville rouennais. Je sentais qu'elle n'osait me dire précisément la raison de sa venue ce soir. Mais, au bout d'un long moment, elle a fini par me parler d'une idée qu'elle ressassait sans cesse depuis notre doux week-end à trois.

« Je n'arrive pas à détacher de ma mémoire l'image de toi en train de prendre ton pied.

## D'un doux weekend

– Si c'est le seul souvenir que tu as de moi, c'est terrible ! » J'étais plutôt d'humeur à rire. Mais pas Ludivine, qui décidément n'arrivait pas à se dérider. Le thème de sa venue devait être bien sombre...

« Tu sais que ma sœur vend des sextoys dans des réunions de copines.

– Oui. On en a même fait une chez moi, souviens-toi.

– Et bien tu vois, j'ai adoré te voir prendre ton pied, jouir. Et j'aimerai recommencer encore et encore à te donner ainsi du plaisir.

– Heu... Cool ! Mais quel rapport avec ta sœur ?

– J'ai une idée de business et je veux en parler avec toi. »

Voilà qu'elle parlait d'argent en même temps que de ma jouissance. Je commençai à me demander si elle n'allait pas me proposer de faire le tapin.

« Explique-toi, Ludivine, s'il te plait. C'est un peu vexant, ce que tu viens de dire, là.

– Voilà : le business du sextoy est en train de prendre des proportions incroyables. C'est au point qu'Aurélie a quasiment une réunion par jour...

– Ouais, son super tupper-whore.

– Arrête, c'est vulgaire. Elle a quasiment une réunion par jour de programmée, du lundi au dimanche. Parfois même elle en fait deux dans la même journée. Les nanas se donnent le mot et les godes, lingeries affriolantes, canards électriques et autres papillons passent d'une main à l'autre à une vitesse dingue. Certaines veulent même essayer sur place. Mais ça, ma sœur ne veut pas, puisqu'elle n'a pas de cabine pour ça. Bien sûr, il y a les chambres, mais certaines sont un peu trop impudiques aux yeux d'autres...

— Donc, clairement, tu veux juste que je fasse aussi des ventes par réunion ?

— Non. J'aimerai que l'on utilise un canal plus universel. Internet.

— Des sex-shops, il y en a déjà à la pelle. Tu arrives trop tard, ma Ludivine !

— Sauf que le mien, le notre, il sera différent. Un concept totalement novateur. On va faire des essais en direct.

— Tu peux répéter ? Des essais de quoi, j'arrive pas à comprendre le truc, là...

— On va tester les produits que l'on va mettre en vente. Et ces tests, tout le monde pourra les visionner. Les gens vont venir par millions pour te voir faire les tests. Et par définition ils vont acheter les produits.

– Tu veux dire que tu veux me filmer en train de baiser avec un canard en plastique ?

– Tu as tout compris. »

Alors celle-là, je ne l'avais pas vue venir. Bon, oui, j'avoue, j'avais bien acheté un ou deux joujoux pour les soirs de solitude, mais je n'étais pas forcément une grande adepte du plastique. Alors de là à me filmer en train de faire l'amour à un jouet lubrique devant une caméra...

Nous avons convenu toutes les deux de prendre le temps d'y réfléchir. Elle avait noté sur des morceaux de papier l'essentiel de ce qu'elle voulait mettre en place avec moi. Je les ai pris et je lui ai promis que je lui donnerai rapidement une réponse.

Son idée était en fait assez simple. Les mecs et quelques nanas payaient pour visionner sur internet des vidéos de cul basiques. Les sites pornos dédiés aux godes, par exemple, où des lolitas de toutes les couleurs et de tous les âges s'inséraient des objets de toutes les dimensions, semblaient faire un tabac, ou tout au moins avoir leur public. Alors ce qu'elle voulait c'était mettre en place une sorte de télé-achat de sextoys. Les gens regarderaient totalement gratuitement nos vidéos où nous testerions les objets que nous proposerions à la vente.

## D'un doux weekend

Ça semblait tenir la route. En tout cas, ça méritait de se poser pour y réfléchir. Bon, oui, moi je me voyais plutôt avec un avenir dans le corps médical, mais après tout, ne serait-ce que pour payer mes études, pourquoi pas ? Et, comme dit le dicton, qui ne tente rien n'a rien…

Je suis retournée dès le vendredi soir chez Ludivine pour parler de son projet. Un projet qui, disons-le, m'emballait de plus en plus. Ce qui me gênait, c'était que mon visage allait être vu par des millions de personnes, alors que je prenais mon pied. Mais voilà, c'était également la clé pour faire des ventes. Et la raison pour laquelle Ludivine avait pensé à ce projet fou et à moi.

Ce n'est pas Ludivine, mais sa sœur Aurélie qui m'a ouvert la porte. Plus grande et aussi légèrement plus forte que ma meilleure amie, j'ai toujours vu Aurélie en décolleté particulièrement troublant pour les hommes, sa poitrine semblant vouloir crier leur désir de sortir de cet emplacement trop étroit. Mais pas de chance pour eux, Aurélie préférait aux mecs les femmes de son âge. Ce soir elle était fidèle à elle-même : tenue sensuelle avec un putain de décolleté très ouvert. Je le notai juste, n'étant pas particulièrement tentée pour ma part pour ces seins quelque peu impressionnants. Que voulez-vous, j'aime ma poitrine bien ferme mais pas très grosse.

## D'un doux weekend

Elle organisait ce soir même une soirée sextoys et Ludivine en profitait pour sortir avec Jean en club, m'a-t-elle indiqué sans détours.

« En club ? Comment ça, en club ? En boîte de nuit, tu veux dire ?

— Tu lui poseras tes questions plus tard », m'avait-elle simplement répondu, réalisant à priori qu'elle avait déjà trop parlé.

J'ai demandé à Aurélie si je pouvais rester pour la soirée sextoys et elle m'a répondu « avec joie ». Si je me devais d'en tester en live, autant découvrir davantage ces fameux produits pour messieurs-dames.

Je l'ai aidée à mettre en place les objets qu'elle allait proposer ce soir. Dans ses valises de démonstration, se trouvaient rangées soigneusement de multiples tenues de toutes les tailles ; Aurélie m'avait proposée de faire ma propre sélection alors je sélectionnais avec plaisir les bouts de tissus tellement fins et doux que je préférai.

J'allongeai sur la table basse du salon une nuisette de satin, un porte-jarretelles rouge sang, un tout petit bout de tissus qui se révéla être un splendide string fendu, quelques godemichés de toutes tailles, de tous formats et de toutes les couleurs. Etant seule, et avec son accord, j'ai décidé d'essayer un corset et une culotte en vinyle noir, que je trouvai assez plaisants au regard. Malheureusement je ne pouvais attacher les lacets roses, situées dans le dos. J'ai donc rejoins Aurélie, qui de son côté était dans la cuisine, en train de préparer des amuse-bouche et les cocktails. Je lui ai demandé de m'aider à lacer le corset. Elle s'est exécutée en un instant.

Elle m'a faite me retourner en m'a dit qu'il m'allait à la perfection. Je partageai absolument son point de vue. Le corset m'enserrait la taille, mais pas trop. Et il mettait bien en valeur mes seins, déjà bien droits habituellement.

« Est-ce que tu accepterais d'ouvrir discrètement à nos invitées dans cette tenue ? me demanda t'elle. Ce soir, mes invitées ne sont pas du genre à se choquer d'une belle tenue et d'une jolie gonzesse.

– Pourquoi pas ?

– Et si tu veux, je te propose de défiler avec un ou deux ensemble. D'habitude c'est moi qui le fais, mais tu es beaucoup plus belle que moi. Alors si ça te tente… En échange, je t'offre l'ensemble que tu portes.

– OK. »

Ravie du cadeau, me voici donc devenue mannequin d'un soir, dans cet appartement où quelques jours avant j'avais joui tant de fois.

## D'un doux weekend

Lorsque la sonnette s'est mise à retentir, j'ai ouvert la porte sur une splendide black d'une trentaine d'années et son mec. Elle l'a embrassé et lui a dit « à tout à l'heure », lui refermant la porte au nez, alors qu'il tentait de me voir par l'entrebâillement de la porte. Et elle m'a ensuite fait la bise en se présentant.

D'un doux weekend

# Soirée Sextoys

« Salut, je suis Fatou. Et toi, tu es la nouvelle copine d'Aurélie ? Elle a toujours eu bon goût et d'ailleurs mon mec ne t'aurait pas dit le contraire, le crevard ! me lança-t-elle en riant.

– Hein ? Non, non, pas du tout. Je suis juste l'ouvreuse, le mannequin, la… Vas-y, entre, bafouillé-je.

– Ne t'en fais pas, on est au vingt-et-unième siècle. »

Puis elle s'est dirigée dans la salle à manger, en enlevant la veste qui lui couvrait les épaules. Elle avait un superbe cul, bien galbé, une taille mince et des cheveux bouclés qui lui tombaient sur les épaules. Ses vêtements étaient souples et amples. Ils amplifiaient ses mouvements, alors qu'elle avançait.

Et la sonnette a retenti de nouveau. Ce sont trois nanas qui cette fois-ci attendaient derrière la porte. Je les ai faites rentrer. La première, Sophie, je la connaissais bien ; elle était d'ailleurs présente à mon anniversaire.

« Eh bah alors, Cécile, t'es toujours là ? Tu passes ta vie ici, maintenant ? Ou alors tu viens de te réveiller, après vos ébats de la semaine dernière ? »

J'ai rougi.

« Arrête ! T'es conne. Non, comme tu vois, je porte une tenue que tu peux acheter ce soir, dis-je en tournoyant.

– Sympa. Il faudra que je l'essaie aussi. Je te présente deux amies, Cécile et Nath. »

Elles ont ôté à leur tour leurs vestes et me les ont confiées. J'ai tout de suite flashé sur Nath. Une belle brune d'un mètre soixante quinze, soit une bonne dizaine de centimètres de plus que moi. Elle avait un visage presque d'enfant, avec des joues un peu rondes, une bouche allongée sans maquillage, des yeux verts à peine soulignés d'un trait, des hanches fines, des seins que son léger décolleté mettait admirablement en évidence, sans aucune vulgarité. À vue d'œil elle devait faire du 90C. Ce qui faisait déjà une belle taille, mais ils paraissaient bien fermes et droits... Elle portait une jupe légèrement ouverte sur des jambes sportives et, ce qui me plaisait le plus chez elle, elle avait un splendide sourire et des yeux légèrement bridés. Je n'ai remarqué que plus tard qu'elle avait également un piercing sur la langue.

« Et on peut toucher ? »

La voix venait de derrière moi. C'est Cécile qui avait parlé. Elle faisait signe de me caresser les fesses à pleines mains. Nath et Sophie ont éclaté de rire. Il fallait que je trouve vite une répartie.

« Bien sûr, que tu peux. Mais à une condition : après il faut acheter. Et je ne parle pas de la tenue, mais de la nana. »

Cécile portait un body et un pantacourt. Ses cheveux blonds tombaient jusqu'à la pointe de ses seins, que l'on devinait facilement. Elle avait un grain de beauté au coin de la bouche, à la Marilyne Monroe. C'était la plus jeune du groupe. Elle devait avoir quinze ans et son visage avait encore la trace de quelques boutons d'acné. Ses yeux étaient gris, superbement clairs. C'était la première fois que je voyais cette couleur d'yeux.

« Tu portes des lentilles ?

— Non. Pourquoi ?

— Tu as des yeux splendides.

— Merci, me répondit-elle en baissant les yeux vers ma poitrine. Et toi tu as des poumons de rêve.

— Une un peu petite poitrine.

## D'un doux weekend

— Tu déconnes ? Je rêve d'en avoir des comme ça : fiers, qui ne tombent pas... Tu dois en choper des mecs ! »

J'ai claqué des mains une fois et j'ai dit « bon allez, les filles, ça se passe de l'autre côté. Hop, hop, hop, toutes dans la salle. Même toi, la jolie Nath. » Nath m'a regardée surprise, a rougi et a accompagné ses copines dans la salle à manger.

Nous avons attendu une demi-heure que les autres arrivent et comme la sonnette restait silencieuse nous avons commencé la réunion. Les filles se sont assises sur les canapés et les poufs, placés autour de la table basse. Aurélie prenait les objets, en parlait rapidement et le faisait circuler d'une main à l'autre.

Nous avons commencé par les tenues. Sophie m'a demandé si elle pouvait essayer le corset que je portai. Je lui ai répondu " bien entendu " et je lui ai demandé de m'aider à enlever le lacet qui m'enserrait. Aurélie nous a demandé d'arrêter. Hors de question de se mettre à poil au milieu de tout le monde. Pas la peine de mettre qui que ce soit mal à l'aise. C'est dommage, je faisais face à Nath et l'air de rien elle regardait du coin de l'œil mon effeuillage. Assez étrangement, en y réfléchissant, ça ne me gênait plus vraiment de me déshabiller devant d'autres filles, alors que jusqu'à présent j'avais toujours fait attention à ne pas en dévoiler de trop. Je pense que mon week-end en trio m'avait fait pas mal de bien de ce côté-là. Après tout, n'avais-je pas carrément ouvert une porte à poil à un serveur totalement inconnu ?

J'ai pris le body qui semblait plaire à Sophie sur la table et elle m'a donc accompagnée dans la chambre de Ludivine. En entrant j'ai eu la surprise de voir, accrochée au mur, une photo de son mec en train de me baiser. Elle avait pris une photo et je ne m'en étais même pas rendu compte ! Pire, c'était affiché en grand sur ce mur blanc, où il n'y avait rien d'autre. Juste cette immense photo d'un couple qui fait l'amour. De moi avec l'amant de ma meilleure amie. Bien entendu, Sophie l'a vue aussitôt.

« Eh bien, tu as du succès toi ! »

Sans répondre, j'ai arraché la photo du mur et je l'ai glissée dans un tiroir de sa table de nuit.

« No comment. » Je sentais la rage monter en moi. Pas contre elle, elle n'y était pour rien. Mais qui avait pu afficher ainsi cette photo pour le moins compromettante ? Il fallait à tout pris que je fasse baisser la pression dans ma tête ; ce n'était clairement pas le moment de faire la gueule.

Sophie m'a aidée à retirer le corset et j'ai mis le body. Elle a enfilé la tenue et je l'ai aidée à tirer les lacets. Comme elle avait un tour de poitrine plus important que moi ses tétons dépassaient légèrement et ses seins semblaient comme devoir exploser sous la pression. Elle s'est tournée vers moi.

« Comment tu me trouves ?

— Ça te boudine un peu.

— Eh, c'est dégueulasse !

— Non, je déconne. Désolée. Il faudrait juste demander à Aurélie une taille au-dessus pour les seins, sinon ça te va bien. Tu as, comme tu le remarques, une poitrine plus ample que la mienne. »

Sophie est sortie de la chambre avec le corset et son short et elle l'a gardé pendant le reste de la soirée. Elle devait avoir du mal à respirer, mais elle faisait comme si de rien n'était. La pauvre ! De temps en temps, je la regardais discrètement, mais ne pouvais m'empêcher de sourire... en espérant qu'elle ne me voie pas.

J'ai défilé avec le body, puis une autre tenue, bien plus soft. Les filles ont essayé les unes après les autres les vêtements qui leur plaisaient, Aurélie ayant un stock assez impressionnant des tenues présentées, dans de multiples tailles. Elle allait passer aux godemichés lorsque Nath m'a faite remarquer discrètement, comme si elle avait osé au dernier moment, que je n'avais pas essayé le string et le soutien-gorge ouverts. Aurélie m'avait interdit de les porter devant tout le monde. J'ai répondu à Nath que je pouvais les mettre si elle le voulait, mais qu'il faudrait qu'elle vienne dans la chambre pour les voir.

« Dommage.

– Viens avec moi, je vais les mettre et tu pourras voir si ça te plait », lui ai-je lancé en lui faisant un clin d'œil discret.

Elle a hésité quelques secondes, puis elle a fini par se lever et par me suivre. J'ai refermé la porte de la chambre derrière nous et en me mettant bien en face d'elle j'ai commencé à me déshabiller. Doucement. En la regardant droit dans les yeux. J'avais envie de la provoquer, de voir jusqu'où je pourrais aller avec elle. Elle me regardait aussi droit dans les yeux, mais je pense que c'était plus par gêne, pour ne pas me regarder ailleurs… J'ai passé le body par-dessus ma tête et je me suis retournée pour prendre les sous-vêtements que j'avais posés sur le lit. J'ai pris tout mon temps et je pouvais la voir dans le petit miroir avec lequel Ludivine avait surpris mon regard de voyeuse.

Elle était derrière moi et elle regardait discrètement mes fesses. Je sentais son regard se promener sur ma peau. Doucement j'ai écarté les jambes, j'ai baissé mon buste et j'ai enfilé le string. Je voulais lui en mettre plein la vue. Je me suis dressée, j'ai placé le string et je l'ai ouvert. Mes lèvres bien apparentes, entre les fins morceaux de tissus. Je me suis retournée et bien en face d'elle j'ai placé le soutien-gorge. Je l'ai agrafé et j'ai ôté les petits bouts de tissu qui cachaient les tétons. J'ai pris sa main et je lui ai demandé, sans la brusquer, de caresser le tissu.

« C'est super doux. Allez, vas-y, ne t'en fais pas, nous ne sommes que toutes les deux. Et je vais pas te mordre, promis. »

Nath a, avec douceur, fait glisser son index droit sur le tissus du soutien-gorge, de plus en plus prêt du téton. J'ai pris son autre main et je l'ai placée à l'entrée de ma chatte. Délicatement elle a posé sa main sur le tissu du string. J'ai eu un frisson et j'ai fermé les yeux. Elle prenait de l'assurance dans ses gestes.

« Je peux l'essayer ?

– Oui, bien sûr. Je te le donne tout de suite.

– Par contre, j'aurais besoin de toi pour le mettre bien comme il faut, s'il te plait. » La voix sortait toute douce de sa bouche, alors que son visage rosissait à mesure qu'elle parlait.

J'ai vite enlevé le soutien-gorge et je l'ai tendu vers elle, lui faisant signe de l'autre main de se retourner. Elle s'est exécutée et s'est mise nue devant moi. Je me suis approchée d'elle et en effleurant son dos du bout de mes seins, j'ai passé le soutien-gorge sur elle. Elle m'a ensuite fait face et j'ai placé ses tétons dans les ouvertures, du bout des doigts, en les pinçant sensiblement. Sa poitrine, plus imposante que la mienne, emplissait à merveille la matière. J'ai ensuite retiré le string et j'ai soulevé ses jambes, l'une après l'autre, pour faire monter le tissu jusqu'à sa chatte. Cette dernière était impressionnante, tant il y avait de poils. Moi qui avais l'habitude de mettre mon sexe presque totalement à nu, je n'en revenais pas de voir autant de poils recouvrir le sien.

« Tu ne te rases jamais ?

— Pourquoi faire ? Je n'ai personne en ce moment.

— C'est dommage, cela ne va pas faire joli avec le string fendu. »

Et c'est vrai que la toison qui dépassait n'était pas du meilleur aspect.

« Toi, tu as une jolie chatte bien épilée.

— Tu as remarqué.

— Tu l'as fait toute seule ? »

En disant ces quelques mots elle s'était baissée et caressait le V que formaient les quelques poils que j'avais laissé.

« Oui. Si tu veux, et si ce n'est que ça ton problème, je pourrais te montrer comment il faut faire. » Je lui lançai un grand sourire.

Elle s'est mise à rougir.

« Je… Je n'oserais jamais… Tu… Tu crois que tu saurais ? Enfin, je veux dire…

– Tu veux ? Tu as un corps superbe. Je suis presque jalouse de tes nichons et j'ai envie de finir de te rendre parfaite.

– Oui… Enfin, je veux dire… C'est gentil, merci. Je… D'accord, mais pas ici. Et puis les autres vont se demander ce que l'on fait. »

Et c'est vrai que cela faisait bien un quart d'heure que nous avions laissé les autres à côté. Je lui ai tendu ses vêtements et je l'ai laissée se rhabiller. De mon côté, j'ai attrapé l'un des kimonos de Ludivine et je suis sortie rejoindre les autres. Nath me regardait sortir et je lui ai fait un clin d'œil. « Promis, je vais m'en occuper. » Elle me regardait sortir en souriant. On me l'avait présentée comme farouche, sincèrement notre tête à tête spontané me révélait une personne plus directe que ce à quoi je m'attendais.

Dans la salle à manger les filles s'enthousiasmaient devant un gode de trente cinq centimètres, semi-rigide. Elles le faisaient vibrer et se foutaient de manière à peine voilée de la taille et de la vigueur du sexe de leurs mecs. Le gode avait des veines apparentes, une couleur et une matière qui le rendaient presque vrai. Fatou l'a pris en main et a commencé à mimer une pipe. Il emplissait sa bouche. Aurélie en a profité pour sortir des préservatifs, et a proposé de nous les faire goûter.

« J'en ai pour tous les goûts : chocolat, vanille, caramel, fraise… Tiens, Fatou, passe-moi Marcel. » C'est ainsi qu'elle appelait le gode. Elle l'a pris et a placé le premier préservatif. Et elle l'a tendu à Cécile pour qu'elle devine le goût. « Foie gras ? », a-t-elle demandé en riant. Fatou a repris l'objet et l'a léché délicatement. « Café ! Putain, une capote au café ! Marc qu'est plutôt du matin, pas de problème, je peux le sucer tous les jours à sept heures, ça va me réveiller, ça ! » Inutile de dire que nous avons toutes ri à gorge déployée.

Puis d'autres tests ont été faits. Cécile a adoré le chocolat, moi plutôt le caramel… « Ouais, mais rassure-moi, ça ne colle pas dans les poils ? » n'ai-je pu m'empêcher de demander.

La réunion a duré deux heures et à son terme chacune s'apprêtait à retourner chez elle. C'est alors qu'Aurélie a demandé à tout le monde de s'asseoir.

« Je vous apporte tout de suite le clou du spectacle ! »

## D'un doux weekend

Elle s'est absentée deux minutes et est revenue avec un mec dans les bras. Nu, la bite dressée fièrement vers le ciel.

« Ouahou, c'est quoi ça ?

- C'est le nouveau modèle de poupée gonflable pour filles. Latex et autres matières, qui imitent à la perfection la texture de la peau. Et attention, le sexe, c'est pas de l'air. C'est vingt cinq centimètres de bâton de dynamite. Du dur, du fort, de l'infatigable ! Fatou, viens-là et touche-moi ça ! »

Fatou s'est levée, s'est approchée et a glissé ses mains sur le torse du mannequin. « Eh, y'a même des poils ! » Les autres se sont approchées et ont-elles aussi touché le faux homme. Nath est restée assise, à les regarder faire. Elle fouillait dans son sac et en a sorti un petit bout de papier sur lequel je l'ai vue griffonner quelques mots.

« Nath, fais pas ta timorée. C'est Sophie qui parlait. Allez, viens, touche-moi ça, c'est pas tous les jours que tu as l'occasion d'en avoir un pour toi. »

La réflexion était cinglante. Trop pour Nath, qui est allée saluer Aurélie et s'est dirigée vers la porte. En passant devant moi, elle m'a glissé discrètement le petit mot qu'elle avait écrit. Je l'ai coincé dans la ceinture du kimono et je lui ai fait la bise.

## D'un doux weekend

« T'es conne, Sophie ! Tu l'as vexée ! lui a lancé Cécile.

– Pff, c'est toujours comme ça, avec elle. J'aurais pas du la faire venir. On l'a jamais vue avec un mec, alors qu'est-ce qu'elle en a à foutre, du cul ? »

Je suis retournée dans la chambre de Ludivine, j'ai tiré le petit mot de Nath de la poche du kimono et je l'ai lu. Elle avait juste mis son adresse et un numéro de portable. Pas un mot de plus. Je me suis changée et avant de sortir de la chambre je suis allée récupérer la photo que j'avais mise dans le tiroir. Jean… Quel amant. Sur la photo j'avais le visage en feu, les yeux fermés et le cou tendu vers le ciel. Je devais supplier qu'il me baise encore et encore en enfonçant mes ongles dans ses fesses solides… J'ai pris la photo et je suis sortie.

J'ai salué les filles, Aurélie m'a indiqué discrètement qu'elle m'appellerait le lendemain pour la tenue promise et je suis sortie.

# Nath

Je suis allée à la terrasse d'un café encore ouvert, *L'Euro*. La musique était forte. Trop forte. Et malgré cela je ne l'écoutai pas, c'était comme s'il n'y avait pas un bruit. Je regardai devant moi, dans le vague. Face à cette église, contre laquelle quelques jours plus tôt un couple s'enlaçait, remplacé ce jour-là par trois punks et leurs chiens, assis sur un muret de pierres, dernier vestige du Rouen qu'a connu Jeanne d'Arc. Quelques pigeons, que le bruit et les passants ne semblaient pas troubler, étaient en quête de miettes tombées plus ou moins volontairement des tables de la terrasse.

J'ai bu d'un trait mon lait fraise et je suis partie. Le lieu était définitivement trop bruyant et je n'avais clairement pas envie de me laisser draguer par les trois mecs à la table voisine, dont les regards devenaient de plus en plus appuyés. Direction tout d'abord en direction de mon appartement. Mais au bout d'une trentaine de pas j'ai fait demi-tour.

## D'un doux weekend

J'avais envie de découvrir l'adresse inscrite sur ce papier froissé, que je tenais dans mon poing serré. En direction de cette belle demoiselle qui ne semblait pas très à l'aise avec le sexe. En direction de cette jolie fille aux yeux bridés. En direction de Nath.

Elle habitait dans un immeuble récent, à proximité de l'hôpital Charles Nicole. Arrivée en bas de cette tour affreuse, j'ai composé son numéro de téléphone.

« Nath ? C'est Cécile.

– Tu es encore là bas ?

– Non, je suis en bas de chez toi. »

J'ai entendu le souffle de sa respiration changer.

« Heu... Tu... Tu veux aller boire un verre ?

– Si tu veux, oui. Je t'attends en bas ?

– Heu, non, vas-y entre dans la cage d'escalier, j'arrive. Tu me laisses une minute ? Je m'habille et j'arrive. D'accord ?

– Okay, je t'attends. »

La porte s'est ouverte et je suis entrée dans le hall de l'immeuble. J'ai cherché sur les boîtes à lettre une « Nath ». Car après tout, c'était quoi, son vrai prénom ? Nathalie, Natacha ? Aucune idée. Malheureusement, pas une seule Nath n'était indiquée. Des noms, mais peu de prénoms. J'ai entendu une porte se claquer et dix secondes après elle était là, devant moi, les cheveux attachés, vêtue d'un jogging bleu et noir pas sexy du tout avec un grand *Just Do It* jaune fluo bariolé sur le bras.

« Tu vas faire un marathon ?

— Tu n'aimes pas ? Elle semblait triste de ma réaction. C'est comme ça que je suis le plus à l'aise...

— Viens, ne t'en fais pas. Tu connais un café tout près d'ici ?

— Oui, oui, juste à côté, là. »

Elle me montrait la direction d'une enseigne défraîchie. Nous nous sommes dirigées vers le bar et nous sommes installées à une petite table, assises sur une banquette bordeaux d'un autre temps. Elle a commandé une *Vittel* et j'ai pris mon deuxième lait fraise du jour. Nous avons parlé de nos emplois du temps, de notre vie tellement banale. Je lui ai demandé depuis combien de temps elle était célibataire. Elle s'est excusée, a prétexté une petite envie pressante et s'est sauvée en direction des toilettes. Quant elle est revenue elle m'a fait remarquer que la porte du bar restait continuellement ouverte et que les odeurs de tabac venaient jusqu'à nous. Ce qui l'incommodait. J'ai payé l'adition et nous sommes sorties.

« Nath, c'est le diminutif de quoi ? Nathalie ?

— Oui. Nathalie.

— Alors, Nathalie, s'il te plaît, réponds-moi. Depuis combien de temps es-tu célibataire ? Ça te gêne de me répondre ?

— Depuis toujours, m'a-t-elle répondu à mi-voix.

— Tu n'as pas connu d'hommes ?

— Pourquoi des hommes ? Elle avait parlé fort cette fois-ci, paraissait presque énervée. C'est vrai, ça, pourquoi il faudrait absolument que l'on soit avec un mec, qui te domine, te baise quand il a envie, sort avec ses potes voir un match de foot et te laisse t'emmerder ? Pas trop envie, tu voies.

— Excuse-moi, c'est sorti comme ça, un réflexe... Et des femmes ?

— Je sais pas. J'ai jamais essayé. Ni l'un ni l'autre d'ailleurs. Eh oui, je suis comme Jeanne d'Arc, la pucelle de Rouen !

— Et alors ?

— Quoi ?

— Bah oui, et alors ? Tu n'as jamais fait l'amour, et alors ? Tu as quel âge ?

— Dix sept. »

Nous continuions de marcher en direction de son appartement.

« Tu as aimé, tout à l'heure ?

– Quoi ? Les folasses qui se battaient pour un pantin de plastique ?

– Non, quand tu as caressé ma peau à travers le tissu. Quand je t'ai habillée et que j'ai posé mes seins sur ton corps.

– Comment tu peux me demander ça ? Oui, j'ai aimé. Tu es si belle… Elle s'arrêta de marcher, les yeux dévoilant qu'elle avait dit quelque chose qu'elle voulait pour l'instant garder encore pour elle. Mais c'est pas ça... Enfin je veux dire... »

Son visage entièrement rouge fixait maintenant le sol. Elle ne s'attendait pas à me dire ainsi les choses. Elle reprit la marche et la cadence de ses pas s'était accélérée ; j'ai cru qu'elle allait se mettre à courir. Nous passions devant de vieilles bâtisses, typiques de Rouen : de splendides maisons en colombages. Je me suis toujours demandée comment elles faisaient pour tenir encore aujourd'hui, construites de travers semble-t-il il y a quelques siècles et avec le même aspect aussi biscornu de nos jours.

Doucement, j'ai entrepris de lui parler. Je ne savais pas franchement quoi aborder, notre vécu conjoint était un peu différent de ce qu'il est traditionnel de connaître. Alors que pouvais-je aborder ? J'ai commencé par lui parler de ces maisons rouennaises, de mon interrogation sur la façon dont elles tiennent encore debout. Nous avons ainsi partagé des mots simples, comme, j'imagine, tant de touristes en échangent chaque jour dans ces rues étroites. Mais j'avais envie d'elle, et plus je l'écoutais et plus je me demandai comment aborder ce sujet sans la brusquer davantage. C'est presque surprise que je me suis entendu lui dire, sans détour : « Nath, ma proposition tient toujours. J'ai vraiment envie de te voir dans ce bel ensemble que tu as acheté tout à l'heure. Tes seins emplissent dignement le soutif, ils sont splendides. Et j'aimerai t'apprendre à te rendre aussi belle en bas, tu sais, en te rasant la haie. »

Cette expression l'a faite sourire. Ouf. Elle s'est arrêtée, encore bien perdue dans ses songes, et m'a simplement remerciée. Gagnant de l'aisance, elle a fini par prendre ma main droite, par l'embrasser, et elle m'a simplement dit : « Viens ». Et je l'ai suivie jusqu'à chez elle.

Il y a à peine un mois je flirtais avec quelques mecs en boîte, j'aguichai les mâles qui me plaisaient et surtout je me foutais bien des 'gouinasses' que je pouvais voir. Et voilà qu'en quelques jours j'avais découvert l'amour à trois, la troisième personne étant ma meilleure amie, et que je m'apprêtais à entrer chez cette jolie vierge qui me tenait la main en montant les escaliers, j'allais je présume tondre sa chatte, dessiner du ciseau les contours de son sexe que j'imaginais dégoulinant… Ce qui, je l'avoue, me tentait vraiment. J'ai accéléré la cadence, impatiente de découvrir ce qui allait se passer.

Elle a ouvert la porte de son appartement et m'a laissée entrer la première. J'ai envie de dire que l'appartement lui correspondait bien : grand, aéré, de belles pièces spacieuses, bien agencé, qui donnait envie, mais franchement mal décoré. Les murs étaient simplement peints en blanc et des centaines de photos couvraient le couloir. Des photos de chats, de chiens, de bébés, de famille endimanchées pour, semble-t-il, un mariage… Elle m'a fait visiter le reste. La cuisine sentait le Cif et tout était parfaitement rangé. Rien sur la table, rien dans le lavabo, rien nulle part. Un peu le contraire de mon appartement, quoi. Dans la salle de bains, la même harmonie. Une étagère supportait le poids de la collection de mignonnettes de parfums Yves Rocher, classées par ordre de taille.

Elle m'a ensuite ouvert la porte ce sa chambre. Et j'ai clamé bien involontairement « Welcome in the Barbie World ! » en découvrant le spectacle de son lit. Une moustiquaire rose bonbon surplombait en effet un lit à baldaquins d'une personne, sur lequel cinq peluches avaient été disposées en ligne, en son centre. Sur les murs, encore des photos de chats, chiens, garçons et filles inconnus, et ce que je présume être ses parents proches.

« Pourquoi es-tu méchante ? me lança-t-elle en sortant attristée de sa chambre.

– Excuse-moi, ce n'était pas mon intention. C'est juste que ta piole fait trop petite fille. J'oserai jamais amener le moindre mec dans mon plumard s'il était comme ça.

– Tu n'as vraiment rien compris. »

Et merde. Pourquoi parler encore de garçons ? C'est comme si je discourais sur le plaisir de la viande chez une vegan. C'est pas seulement inutile ; c'est aussi très con.

Elle s'est dirigée nonchalamment vers la cuisine et sans un mot s'est occupée d'éplucher une salade à côté du lavabo. Elle reprenait sa vie, comme si je n'étais plus là.

« Pardon, Nath. Je ne voulais pas… te vexer… »

Je me suis placée derrière elle et je l'ai enserrée dans mes bras. Tendrement. Avec sincérité.

« Qu'est-ce que tu fais ? À t'écouter, tu préfères plutôt les hommes, non ? À quoi tu joues ?

– Je ne sais pas. »

## D'un doux weekend

Je n'osais pas lui dire que mon expérience d'hétéro avait occupé une phase importante de ma vie et que j'avais goûté à la bisexualité il y avait à peine une semaine. Comment dire ça à quelqu'un qui n'a jamais fait l'amour ? Comment lui dire que j'aimerai être sa première fois ?

Elle s'est retournée vers moi, a laissé en plan ses feuilles de salade et m'a entraînée vers le salon. Nous nous sommes assises sur un canapé en cuir et nous avons parlé. Nous n'avions pas besoin de plus. Elle avait juste envie de me connaître un peu et de parler comme à une amie. J'avais le même désir. Et même si parfois en regardant ses lèvres fines je ressentais une puissante envie de l'embrasser, je ne voulais pas la brusquer.

J'avais connu de nouveaux plaisirs depuis mon anniversaire. Elle n'en avait connu aucun, si ce n'est certainement la solitaire caresse de ses doigts. Mais de cela nous n'avons pas parlé. Nous nous sommes contentées de thèmes 'bien comme il faut'. Nath parlait toujours avec douceur, délicatesse. Sans grossièreté. Je me surprenais parfois à me demander si elle n'avait pas eu une éducation de bonne sœur. Nous étions en fait aux antipodes. Elle l'ingénue, moi la dévergondée...

Et nous avons passé de belles heures à nous écouter parler. Simplement.

## D'un doux weekend

Je suis partie de chez elle vers quatre heures du matin, fatiguée mais heureuse d'avoir rencontré une nouvelle amie. Un beau brin de fille, un peu réservée mais tellement adorable.

Arrivée chez moi, je me suis couchée rapidement et je me suis endormie avec le visage de Nath ancré dans mon cœur. Un coup de foudre. Comme je n'en avais jamais connu.

Le lendemain j'ai tenté de l'avoir au téléphone. Mais personne ne décrochait. Je tombais à chaque fois sur sa messagerie vocale, un message sec invitant à laisser un message, sur de la musique classique. Du grand Nath, quoi... Ce que j'ai fait. Mais elle ne m'a pas rappelé ce jour-là. Ni les suivants.

# Sucrerie

J'ai fini par rappeler Aurélie, la Gentille Organisatrice de réunions sexys.

« Salut Aurélie, c'est Cécile.

– Salut. Je n'ai pas encore reçu l'ensemble que je t'ai promis. Mais pas de problème, dès que je l'ai, je te rappelle.

– D'accord, merci. Mais en fait c'est pas précisément pour ça que je t'appelle.

– Je t'écoute, Cécile.

– Tu connais bien Nath ?

– Nath ? Pourquoi, y'a un problème ?

– Non. C'est juste que je cherche à la joindre, mais impossible de l'avoir.

– Tu veux son numéro ?

– Non, c'est bon, je l'ai.

## D'un doux weekend

— Elle est peut-être chez ses parents. En tout cas je ne l'ai pas vue depuis la réunion. Par contre, il y a Sophie qui m'a dit un truc incroyable.

— Je crois savoir de quoi il s'agit…

— C'est vrai, la photo de toi et de Jean ?

— Putain, j'espère qu'elle s'est contentée de t'en parler à toi. Je voudrais pas que ça fasse le tour !

— Sophie, Céline et Nath sont des copines de classe. Donc je pense que celles-là au moins sont au courant.

— Merde ! » ai-je lâché, en réalisant que Nath la prude, celle qui hantait mes rêves, devait me prendre pour une allumeuse, voir pire. Rien d'étonnant à ce qu'elle fasse la morte.

J'étais plongée dans mes pensées, le téléphone toujours collé à l'oreille.

« Cécile, t'es toujours là ?

— Oui, excuse-moi… »

J'avais la gorge nouée. Une envie de pleurer grandissait en moi. Comment Ludivine avait-elle osé faire cette photo sans me le dire et surtout avait-elle pu l'afficher dans sa chambre, au vu de tout le monde ?

« Cécile, qu'est-ce qui t'arrive ?

– J'étais pas au courant pour la photo. Putain, tout le monde va croire que je baise avec les copains des autres. Je vais passer pour quoi, moi ? Bon, ok, à mon anniversaire, tout le monde a compris qu'on a déconné, mais de là à ce qu'il y ait une putain de photo... C'est un truc de fou, qui ne m'est jamais arrivé avant et que j'aurai même jamais imaginé ! Merde !

Calme-toi. »

Et c'est vrai qu'il fallait que je me calme. Une larme commençait à glisser le long de ma joue droite.

« Tu veux que je passe te voir ? Je suis là dans les dix minutes.

– Non, non, ça va aller, merci. Si tu... Mes sanglots étouffaient maintenant ma voix.

– Oui ?

– Si tu vois Nath, tu peux lui dire qu'elle m'appelle, s'il te plait ?

– D'accord. Promis. »

J'ai raccroché et je me suis allongée en pleurs sur mon lit.

J'ai été réveillée, une bonne heure plus tard, surprise par la sonnerie de l'interphone.

« Oui ?

## D'un doux weekend

— C'est Jean.

— Jean ? Heu… Vas-y, entre. Tu es seul ?

— Oui, Ludivine ne sait pas que je suis là. »

Pendant qu'il montait les escaliers j'ai enfilé un kimono, que Ludivine m'avait offert en souvenir de notre week-end en amoureux.

Il a frappé à la porte et je suis allée ouvrir, un peu décontenancée de sa présence chez moi.

« Vas-y, entre.

— Merci. Kimono ? Moi qui espérai que tu m'ouvrirais comme on ouvre à un livreur… »

Nous nous sommes embrassés sur la bouche d'un simple et léger baiser, ainsi que nous le faisions à chaque fois que nous nous voyions, depuis ce doux week-end… Mais je n'y mettais pas d'ardeur, déposant cette fois, vraiment, juste un simple baiser, sur ses lèvres. J'avais la tête trop occupée. Et puis je ne comptais pas non plus tromper ma meilleure amie.

« Ludivine m'a engueulé, a-t-il commencé.

— À quel sujet ?

— La photo.

— Celle de nous deux ?

— Oui. Celle de nous deux. C'est moi qui l'ai mise sur le mur. J'ai fait ça quand Ludivine m'attendait pour partir. Je pensai pas que d'autres la verraient. C'était une surprise que je voulais te faire. Un simple *joke* entre nous, quoi. Ludivine m'a dit que ça t'a mise mal à l'aise.

— Un peu, oui. Putain, je suis en photo en train de jouir, sur le corps d'un mec qui n'est pas le mien. Comme ça, au vu de n'importe qui. C'est complètement con, Jean ! Pourquoi t'as fait ça ?

— Mais toutes les filles qui étaient à ton anniversaire étaient au courant de ce qui se passait. »

Il n'avait pas tort. Ma réputation, je me l'étais faite toute seule, après tout. Ou plutôt non, avec ma meilleure amie et son doux amant. Mais volontairement.

« Tu as raison, Jean.

— Je tiens tout de même à m'excuser. J'aurai du t'en parler, ça aurait évité tout problème. Sincèrement, désolé. »

J'ai éclaté en sanglots. Jean s'est approché de moi, m'a serrée dans ses bras et en me caressant les cheveux il me consolait. Sa présence me faisait du bien. Je me sentais de nouveau partir dans un tourbillon, sa tendresse réveillant des souvenirs inoubliables de nos ébats passés.

## D'un doux weekend

« Merci », lui ai-je glissé à l'oreille, avant de l'embrasser goulûment, le visage mouillé de chaudes larmes. Il n'a rien répondu, s'est contenté de glisser une main dans le pan du kimono. Il avait la main chaude. Elle se promenait délicatement, doucement, sur mon ventre, sur mes seins. Il fit tomber le tissu au sol. Je tremblai de désir.

« Non, Ludivine... Je peux pas...

– Ne t'en fais pas, chuuuut, je vais lui dire et elle sera juste heureuse pour nous deux. »

Il m'a soulevée ; je l'emprisonnai de mes jambes. Je sentais son sexe se durcir à travers le pantalon. Il m'a emportée jusque sur mon canapé et s'est déshabillé totalement en me dévorant des yeux. J'avais envie de m'abandonner totalement, une nouvelle fois, dans ses bras.

J'étais étendue de mon long sur le canapé, les jambes légèrement écartées, les bras allongés au-dessus de ma tête. Il a pris son téléphone et a mis le haut-parleur.

« Qu'est-ce que tu fais ?

– J'appelle Ludivine.

– Tout de suite ?

– Laisse-toi aller, Cécile. »

## D'un doux weekend

Il s'est glissé de tout son long contre moi, a frotté son sexe sur ma chatte pendant que la tonalité du téléphone résonnait. Il ne fit entrer son sexe que lorsque Ludivine décrocha, brusquement. Ce qui me fit pousser un petit cri de surprise.

« Jean ? Chéri ? T'es où, là ?

— Je suis chez Cécile. » Il parlait pendant qu'il faisait aller son corps contre le mien. Sa verge était dure, glissait doucement maintenant en moi.

« Cécile ? C'est toi que j'entends ?

— Oui, dis-je en essayant d'étouffer au maximum le plaisir que me faisait Jean.

— Eh bien tu n'as pas l'air de t'emmerder. Vous en êtes où ?

— Je suis en elle, répondit Jean en me regardant droit dans les yeux. »

Je geignais de plaisir sous les assauts doux de mon amant.

« Je peux écouter, Cécile ?

— Oui. Ma réponse s'est faite dans un souffle.

— Plus fort ! me lança Jean, qui me souleva alors les fesses et me donna de très forts coups de boutoir, faisant sortir intégralement son sexe avant de venir taper au fond de moi.

— Oui ! Oui, oui, oui ! Oh putain oui, oh c'est bon ! »

Jean continua de me baiser ainsi plusieurs minutes, avant de s'effondrer sur moi, trempé et le souffle profond. Le haut-parleur du téléphone émettait le souffle de Ludivine, qui semblait se masturber en nous écoutant.

« Je t'aime, ma chérie. A ce soir », lança Jean à l'adresse de Ludivine, avant de raccrocher.

Quelques minutes plus tard, toujours allongés sur le canapé, Jean choisit de m'expliquer le mode de fonctionnement de son couple.

« Tu vois, Cécile, c'est simple. Ludivine et moi, on est échangistes. L'autre jour, on est allés en club et ce n'était pas la première fois. On y rencontre d'autres couples qui viennent pour faire des rencontres.

— Ça veut dire que vous couchez avec n'importe qui, comme ça ?

— Il faut que l'on se plaise. On discute, on danse, on partage un baiser, une caresse. Si on se plait, on va plus loin. Mais il n'y a jamais d'obligation. Et on se protège, impossible pour nous de faire ça sans capote.

— Et je suis une sucrerie de plus pour toi.

— Non, Ludivine et moi on t'aime vraiment très fort. Avec toi, c'est différent.

— Et tu baises souvent avec Ludivine au téléphone ?

— C'est la première fois. D'habitude, elle est là, tout près de moi. Aujourd'hui, avec toi, j'avais l'impression de la tromper. Et je l'aime trop pour ça. C'est pour ça que je l'ai appelée. Pour qu'elle sache, qu'elle soit là en quelque sorte. Si elle m'avait demandé d'arrêter, je serais parti immédiatement. Mais honnêtement je savais qu'elle fantasmait sur cette situation, puisqu'elle m'en avait parlé une fois en riant. »

Ses explications me laissaient songeuse. Le concept d'échangisme m'était encore trop étranger et l'afflux de sentiments m'avait estourbie.

Nous avons fini par nous assoupir, nus, sur le canapé. Et c'est de nouveau en sursaut que je me suis réveillée, encore une fois à cause du cri strident de l'interphone.

« Oui ?

— C'est Ludi.

— Ah, vas-y monte. Jean est encore là.

— Super. J'arrive. »

## D'un doux weekend

Ludivine a frappé doucement à la porte avant d'entrer. Je suis allée l'accueillir pendant que Jean prenait une douche. Elle avait un magnifique sourire, ce qui me rassura définitivement.

« Salut, ma belle. Alors comme ça tu t'envoies en l'air avec Jean quand j'ai le dos tourné ? » me dit-elle en souriant, avant de poser délicatement ses lèvres sur les miennes.

« Ça c'est fait comme ça, tu sais.

– T'en fais pas. C'est moi qui l'ai mis entre tes mains, je ne t'en voudrai jamais. Tu sais que c'est la première fois depuis qu'on est ensemble qu'il fait l'amour à une autre sans que je sois là ?

– Oui, on en a parlé.

– Je t'aime, Cécile. » Elle m'embrassa délicatement une seconde fois. Et je lui rendis son baiser, en donnant à mon tour un discret « Moi aussi, Ludivine. » Et pendant que je lui faisais cette légère déclaration, les larmes refirent leur apparition dans mes yeux.

« Oh là, qu'est-ce qui t'arrive, Cécile ? Ça fait un paquet d'années que l'on se connaît et c'est la première fois que je te vois pleurer.

– Désolée.

– Ne le sois pas. Qu'est-ce qui se passe ? T'as fait quoi, Jean ? »

## D'un doux weekend

Je n'ai hésité que quelques secondes. Après tout, nous étions les meilleures amies du monde. Elle en savait plus sur moi que quiconque.

« C'est pas Jean... Tu as des nouvelles de Nathalie ?

— Nath ?

— Oui. Tu as des nouvelles ?

— Alors comme ça ma sœur avait vu juste ? T'as flashé sur Nath ? »

Elle me dévisageait du visage, surprise par sa découverte.

« As-tu des nouvelles ?

— Non, aucune. Tu veux son numéro de téléphone ?

— Je l'ai. Mais elle ne répond pas à mes appels.

— Tu veux que je l'appelle ?

— Je sais pas. Pour lui dire quoi ? Cécile cherche à te joindre ? Elle doit me prendre pour une pute.

— Pourquoi ça une pute ?

— Pour la photo de Jean et moi. Elle est forcément au courant.

— Et alors ? Si elle te juge sur ça, laisse tomber.

## D'un doux weekend

— Tu sais, tout le monde n'a pas l'esprit aussi large que toi, Ludivine. Toi tu es échangiste, elle est vierge.

— Quoi ? hurla presque Ludivine. À son âge, ça fait longtemps qu'on s'était amusées, toutes les deux.

— Merde, j'aurai pas du dire ça... Faut que j'apprenne à me taire. Après tout, chacun son truc. La juge pas. Elle n'a peut-être jamais été amoureuse, non plus.

— Désolée. Excuse-moi. Décidément, de mon côté il faut que j'apprenne à calmer mes ardeurs, moi ! »

Elle se leva, prit le téléphone de Jean, qui trônait oublié sur la table du salon, et appela Nath devant moi. Je n'eus pas le temps de l'arrêter que déjà j'entendis « Allo ? » à l'autre bout de la ligne.

« Oui, bonjour, Nath, c'est Ludivine. Tu sais, la copine de Jean. » Silence...

« Tu sais, Jean, ton demi-frère. »

Mon sang ne fit qu'un tour et je m'assis abasourdie sur la première chaise venue. Jean et Nath étaient de la même famille.

« Nath, écoute, je sais que tu désapprouves le mode de vie de ton demi-frère. Mais c'est comme ça qu'il a choisi de vivre et je le soutiens à cent un pour cent. Mais il y a plus important. Tu m'entends ?

– Oui, quoi ?

– Cécile. »

Nath ne disait toujours rien. J'étais crispée, les coudes soudés à la table et la tête coincée entre mes mains.

« Tu te souviens de Cécile ?

– Oui, finit-elle par dire, tout doucement.

– Elle cherche à te joindre depuis plusieurs jours.

– Comment tu sais ça ?

– Elle est en face de moi. C'est pas dans mes habitudes de jouer les entremetteuses, mais il s'agit tout de même de ma meilleure amie. Es-tu d'accord pour que je te la passe un instant ? Et promis je vous laisse.

– D… d'accord. Je veux bien lui parler. Passe la moi. S'il te plaît. »

J'ai saisi le téléphone, la main un peu tremblante. Ludivine m'a fait un clin d'œil avant de s'éloigner, de me laisser seule dans la pièce, avec le téléphone et la voix de Nath.. Cette voix que j'avais tant voulu entendre à nouveau.

C'était mon tour de parler.

« Nath...

— Bonjour Cécile.

— Tu m'en veux ?

— De quoi parles-tu ?

— La photo. Tu es au courant. Sinon tu répondrais à mes appels, non ?

— Oui. Oui, je suis au courant. Et je me demande qui tu es. Tu es venue chez moi, tu as eu des gestes, des mots, une attitude qui m'ont fait croire que... Mais non, à moins que tu fasses ça à tout le monde.

— Non, Nath, non. Ne crois pas ça. Jean, c'était autre chose. C'était mon cadeau d'anniversaire pour mes dix-huit ans. C'était... C'est...

— Tu es échangiste aussi ?

— Non. Non, je ne crois pas. C'était autre chose. Je sais je me répète, mais je sais pas comment t'expliquer. Toi, c'est différent. Toi, j'ai envie de passer des heures à tes côtés, j'ai envie de te connaître, de te comprendre, de partager de longs moments avec toi. Simplement être avec toi...

— Qu'est-ce que tu essaies de me dire ?

— Je ne sais pas encore. Je veux te voir. Je veux en parler avec toi. Tranquillement. D'accord ? »

Les secondes m'ont parues une éternité. Sa réponse, que j'aurais tant voulue spontanée, a tardé.

« D'accord. Je suis chez moi. Viens. Moi aussi j'ai envie de t'avoir auprès de moi. » J'ai cru que mon cœur allait exploser tellement le tamtam qui en sortait était puissant.

« J'arrive », répondis-je simplement, avant d'annoncer à Jean et Ludivine, qui avaient trouvé une autre occupation dans ma salle de bain, que je me sauvai. « Pas de problème, on t'attend. Prends ton temps ! Ou pas, d'ailleurs, il y a de la place ! » me lança simplement Ludivine, assise sur le lave-linge, alors que Jean avait glissé la langue dans son intimité.

J'ai parcouru la distance qui nous séparait presque en courant. Que m'arrivait-il ? J'ai croisé en route trois anciens camarades de classe, qui la bière à la main se promenaient à deux encablures de la gare. J'ai à peine pris le temps de les saluer que déjà je repartais, prêtant attention à chacun de mes pas, pour éviter la chute : les talons hauts n'ont jamais fait bon ménage avec les pavés de la rue du Gros Horloge.

Les odeurs se mêlaient dans les ruelles où fourmillaient étudiants et touristes. Des odeurs de sucreries, de parfums chics, de naphtaline, de hamburgers… Mon allure, pressée, les compactait toutes. Elles évoquaient parfois des souvenirs, proches et lointains. Mais le passé m'importait peu. Dans quelques minutes, j'allai rejoindre Nath. J'allai m'expliquer. Mais que lui dire ? Et puis il y a une heure peut-être j'étais encore dans les bras de mon amant. Devrai-je en parler ? Non, non… J'espérai ne pas porter sur moi l'odeur de nos corps qui avaient fait l'amour sauvagement.

En y pensant j'ai failli faire demi-tour. Mais pourquoi n'ai-je pas pensé à prendre une douche, ne serait-ce que vite fait, avant de partir rejoindre Nath ? Et Jean, lorsqu'il m'a embrassée avec tant de fougue sur le coup, j'espérai qu'il n'avait pas fait un suçon.

Je suis entrée dans une parfumerie, j'ai vite vérifié mon état devant un miroir et j'ai pris deux giclées de *Poème* avant de repartir, presque rassurée.

La route m'a semblée interminable. Mais arrivée en bas de chez Nath, j'avais une boule dans le ventre. Comment allait-elle me recevoir ?

Je n'ai pas eu le temps de sonner. Elle était devant la porte de l'immeuble.

« Bonjour Cécile.

– Nath… »

Je n'ai rien trouvé d'autre à dire. Je me suis approchée d'elle pour lui faire la bise mais je l'ai prise dans les bras, simplement, ma tête posée sur son épaule.

« Tu veux rentrer ?

– Oui. Bien sûr. Oui. »

Elle a ouvert la porte de l'immeuble et je l'ai suivie dans l'ascenseur. Elle ne disait rien. Elle était tellement silencieuse, paraissait calme... Elle a ouvert sa porte d'entrée et nous sommes passées dans le séjour.

« Tu veux boire quelque chose ? Jus d'orange, pamplemousse ?

– Oui. Jus d'orange, s'il te plait. Nath, parle-moi. Dis-moi ce qui s'est passé pendant ces jours où tu ne me répondais pas. »

Elle est partie dans la cuisine, a retiré du frigo un jus d'orange et m'en a versé dans un verre à whisky. Toujours sans un mot, elle s'en est versé un également et s'est assise à la table du séjour.

« Que veux-tu qui se soit passé ? me répondit-elle assez sèchement.

– Tu as appris pour la photo de Jean et moi...

– Mais à quel jeu tu joues ? Tu m'as dit au téléphone que tu n'es pas échangiste, alors ça rime à quoi tout ça ? Mais bon sang qui es-tu ? Tu comprends que je sois perdue, moi ? »

Elle ne criait pas, retenait sa colère. Elle s'est levée, a mis dans une vieille chaîne *Point de Suture* de Mylène Farmer et s'est rassise. *Dégénération* retentissait maintenant dans l'appartement. Je me suis levée à mon tour et j'ai baissé le son.

« Je ne voulais pas te faire du mal. Je ne le veux toujours pas. Et puis c'était avant... avant de te connaître. Oui, c'est pas vieux, je sais... Si j'avais su pour la photo, je l'aurai faite enlever. Je voulais pas...

– Qu'est-ce que tu veux, justement, Cécile ?

– Toi. Juste toi.

– Et Jean ? Et Ludivine ? Parce que c'est elle qui a pris la photo, non ?

– Oui. C'est elle. J'ai appris que Jean était ton demi-frère. Je le savais pas. En fait, je ne le connais que depuis quelques semaines. Depuis mes dix-huit ans. Ludivine est ma meilleure amie depuis presque cinq ans. À mon anniversaire Ludivine m'a fait la surprise d'un stripteaseur. C'était Jean. Je savais pas que c'était son mec. À la fin du strip, ça a dégénéré. C'est tout. » Mon « C'est tout » me gênait, parce que justement ce n'était pas si simple. Elle ne disait toujours rien. Elle regardait son verre, faisait tourner son index sur le rebord comme s'il s'agissait d'une flute de champagne.

« Nath, je ne te connaissais pas…

— Mais on se connaît pas. J'avais cru par tes gestes, tes mots, ta douceur, que… Mais non, laisse tomber.

— Tu as cru que j'étais lesbienne.

— Et je me suis plantée.

— C'est pas ça… Je n'ai jamais… Tu es mon premier coup de foudre, tu vois. Quand on s'est vues à la réunion Tuppersexe d'Aurélie, j'ai fait la nana sûre d'elle ; en fait je suis complètement perdue. Tu m'as troublée. Vraiment. J'aimerai… Nath, veux-tu que l'on essaie, ensemble ?

— Que l'on essaie quoi, Cécile ? C'est pas d'une partie de jambes en l'air que je cherche. C'est plus. Et je ne sais pas si tu en veux aussi.

— Oui. Oui, Nathalie, j'en veux aussi. »

Elle est sortie de la pièce, s'est tournée vers moi, m'a sourie. Un sourire un peu crispé, maladroit.

« Il faut que je sorte. Je m'en vais quelques jours. A Deauville, avec mes parents. Je sors avant et je te rappellerai à mon retour. » Elle bafouillait. Elle s'est éloignée, j'ai entendu la clé tourner dans la serrure de la porte d'entrée. « Cécile, il faut vraiment que tu partes. S'il te plait… » Sa requête était presque un supplice maintenant. Je me suis levée, j'ai remis ma veste et je l'ai embrassée délicatement sur la joue avant de partir. Elle m'a rendu ma bise doucement. Puis je suis partie, sans qu'elle ne m'adresse un mot de plus. La porte s'est refermée sur moi…

Arrivée dans mon appartement, Ludivine et Jean étaient toujours là, assis dans le canapé, à surfer sur Internet.

# Business is Business

« Alors comme ça tu nous fais des infidélités ? me lança Jean.

– On est pas mariés, pépère. »

J'étais entre le découragement et l'envie de me battre. La route entre nos deux appartements, celui de Nath et le mien, m'avait permis de faire le point. Du moins, en partie. Elle avait besoin de s'absenter quelque temps. Soit. C'était l'occasion pour nous deux de réfléchir. Qui sait ? Peut-être trouverons-nous dans ce délai une bonne raison de nous rapprocher... ou pas.

« T'as réfléchi ? Me lança Ludivine, alors que je me posai dans le canapé.

– À quoi ?

– Fais pas la con. T'es d'accord, c'est ça ?

– Mais putain de quoi tu parles, Ludivine ? »

## D'un doux weekend

Je m'étirai, emplie d'une soudaine envie de dormir. De me reposer. De ne plus trop penser, en fait.

« Notre vente de sextoys.

— Elle ne parle plus que de ça, du soir au matin, ajouta Jean.

— Oui, bien sûr, que j'y ai réfléchi.

— Là, on est devant des sites de cul. Y'en a pas un qui a eu notre idée. Ni ici ni aux States, lança Ludivine avec un sourire qui dévoilait ses dents, tant elle était heureuse de sa trouvaille.

— En fait, z'êtes tout le temps à parler cul, vous deux. Quand vous n'en parlez pas, vous le faites. Et quand vous le faites pas, vous le matez. Z'êtes des grands malades ! »

Jean se leva ; il était bien sûr totalement nu. Je ne m'en étais même pas aperçu, tant le voir habillé devait me sembler incongru.

« Et tu as vu l'effet que ça me fait, de regarder des sites de cul avec ma dulcinée ?

— Ouais bah tu te la mets derrière l'oreille, on a du taf », lui a lancé Ludivine, pendant qu'elle faisait claquer sa main sur les fesses de son jules, qui me faisait face.

— Vous n'allez pas me mettre dehors dans l'état où je suis ? »

Sa verge était, il est vrai, solidement tendue vers le ciel. Je me levai, l'attrapai des deux mains par les fesses en le fixant droit dans les yeux, et lui lançai, de mon plus beau sourire :

« Tu connais la chanson ? Tu sais... »

Je me suis mise à chanter « J'ai demandé à ta lune... Ce qu'elle pouvait bien faire pour moi... Elle m'a dit 'Je n'ai pas l'habitude... De me taper des cons comme toi'. »

Et j'ai fini ma chansonnette en me collant à lui, la main cette fois posée sur son sexe en érection, en lui glissant à l'oreille « Laisse-nous une heure, et ma lune est toute à toi. Rappelle-toi, elle n'a pas l'habitude... A toi de faire le nécessaire. »

Il se retourna, embrassa Ludivine et lança en me regardant « Dans ce cas, je vous laisse à vos affaires. À dans une heure. Je vais aller nous reposer, ma teub et moi, pour être en forme ! »

On l'entendit s'installer dans ma chambre, mettre de la musique et quelques minutes plus tard ronfler.

« Tu le fatigues ! », lançais-je à Ludivine, avant d'ajouter :

« Bon, maintenant, entrons dans le vif du sujet. Dis-moi tout.

— Je reprends depuis le début ?

— Oui. Je suis sûre que tu as pensé à plein de nouvelles choses. Alors feu à volonté, capitaine !

— Ok. T'es vachement belle quand tu jouies. C'est mon constat de départ. J'en ai vu pas mal prendre leur pied, mais toi c'est un feu d'artifice...

— D'accord. C'est limite flippant, ce que tu me dis là. Tu es restée là dessus, depuis tout le temps ?

— Laisse-moi continuer, tu veux ? C'est là que tout a commencé. Je t'ai vue prendre ton pied, encore et encore, et sincèrement tu es belle, si belle quand tu es en extase. Sérieux, je pourrai te regarder des heures.

— Non mais arrête, là. J'explosai de rire.

— Tu simules ?

— Nooooon, c'est quoi cette question ? Pourquoi faire ?

— C'est ce que je pensais. C'est naturel. Tu prends un putain de pied. Limite j'en serais jalouse. Ou plutôt non, j'ai trop envie que tout le monde voit ça.

— Oh-là, stop ! Ok, on arrête là, d'accord ? Hop, ça suffit !

— Non. Non, non. J'en parle plus. Mais tu vois, c'est en te voyant que j'ai eu l'idée. Enfin, c'est plutôt après. J'ai pris mon iPhone et je t'ai prise en photo. Bon, c'était pas la meilleure de mes initiatives je l'avoue. Et sincèrement toutes mes excuses si tu as été mise mal à l'aise à cause de cette connerie.

— Passons. Pas trop envie d'en reparler maintenant.

— La photo m'a trop plu. Limite elle faisait le tour de la terre, tant je t'ai trouvée belle à ce moment-là. Rassure-toi je l'ai pas fait. Bref. Toujours est-il que je me suis dit que ce serait super de partager ton plaisir avec les autres.

— C'est glauque, ton truc, en fait.

— Je finis. On trouve ensemble des objets sexys. Tenues méga affriolantes, déguisements d'infirmière ou de fliquette, ça s'est pour le côté soft. Tu les portes, je te filme et on diffuse ça sur notre boutique.

— En somme, je sers de mannequin à des fringues. Ce n'est pas très original. *La Redoute* fait ça depuis longtemps.

— Mort de rire. Tu te rappelles la photo avec la gonzesse qui mettait le gode sur sa joue, dans le catalogue ?

— Ouep. Je parie même qu'elle est toujours dans les nouvelles éditions. »

Nous riions de bon cœur. À côté, les ronflements de Jean s'étaient arrêtés. Je regardai l'heure.

« En attendant, tu as perdu du temps à me dire que je suis trop bonne. Donc continue, parce que ton amour va réclamer son dû dans peu de temps.

— J'ai hâte !

— Allez, balance…

— Pas toi ?

— Merde, Ludivine !

— J'y viens. Deuxième phase : on passe aux jouets. Godes, accessoires SM si ça te branche, poupées, tout le tintouin.

— Et je teste tout ça, si je ne m'abuse.

— T'en abuses même ! On fait ambiance cosy, présentation du matos - je parle pas de ton cul, mais des jouets - et test en live.

— En live ?

— Oui, on définit des horaires et chaque semaine, hop, une émission. Une heure de toi, seule face à face avec les jouets. Ou alors, on fait en différé, quitte à enregistrer à l'avance plusieurs vidéos, mais avec un live de temps en temps, pour le côté naturel.

— Carrément ! Mais c'est du téléachat cul, que tu veux faire, Ludivine.

— T'as tout capté, Cécile. Et pendant la durée de l'émission, les gens peuvent passer leur commande directement en ligne. Avec un tarif préférentiel. S'ils visionnent la vidéo en différé, ils paient plein tarif.

— Mais c'est des mecs, qui vont mater ça. Ils vont pas acheter. Et puis ils auront déjà les mains prises, comment veux-tu qu'ils prennent leur carte bleue pour payer ?

— Tu vois, je suis sûre qu'il y a un max de nanas qui regarderont. J'ai entendu dire que 25% d'entre nous matent des films de cul. Et puis, tu le sais bien, les mecs nous croient 'petites saintes', à parler tricot et chaussures. Mais en vrai, quand on est entre nous, on parle de quoi ? De cul !

— T'as pas tort.

— Cécile, dis-moi les yeux dans les yeux que tu vas jamais sur des sites de cul.

— Je te rappelle que je suis un peu célibataire.

— Alors, qu'est-ce que tu en dis ? »

Je la regardai fixement, impassible. Les idées allaient vite dans ma tête. Elle avait l'air sûre d'elle, de son concept, de la réussite du projet. Sauf que de mon côté j'imaginais mal me voir en vidéo, à prendre mon pied pendant que...

« Je le sens pas. » fut la seule réponse que je trouvai à donner. Elle se leva, me tendit la main. Je la saisis et elle m'attira à elle, d'un coup sec.

« Cécile... J'ai trop envie de toi. »

Elle m'embrassa avec vigueur. Je me laissai aller totalement. Jean n'allait plus tarder maintenant à nous rejoindre ; pour l'instant il était toujours dans les bras de Morphée, la bouche certainement ouverte et les yeux bien clos. Il nous restait à profiter quelques minutes de cet instant entre elle et moi, seules.

Je glissai ma main gauche sous sa robe, simple, légère, qui m'offrait sa peau douce. Elle était entièrement nue sous ce tissus délicat. De mon autre main, je tenais sa nuque, emprisonnant sa bouche contre la mienne. Nous étions emplies de désir. Elle me déshabilla en un instant et glissa jusqu'à mon entre-jambes. Elle écarta mes lèvres de sa langue, puis les aspira, me donnant un vif frisson. Elle renouvela plusieurs fois ce mouvement ; je découvrais une nouvelle sensation particulièrement agréable.

Elle remonta, positionna ses seins au niveau des miens, et nous basculâmes sur le canapé. Elle écarta les jambes, en plaça une de chaque côté des miennes. Nos lèvres se caressaient mutuellement. Nous faisions bouger nos corps, jointes par notre clitoris, par nos lèvres, par notre jus, qui se mêlait. Elle attrapa nos mains et nous fîmes un va et vient bruyant, la mouille claquant au rythme de notre plaisir. Elle râla. Son corps se laissait aller totalement, ses seins durs dressés vers le ciel, la tête en arrière. Je la voyais, bouche grande ouverte... C'était mon tour de la voir jouir, et je ne voulais pas en perdre une seconde. Elle était belle. Je comprenais ce qu'elle avait ressenti. Et j'ai joui, emplie de passion, de la splendide image de son corps qui s'abandonnait.

Nos mains se séparèrent. Je m'écroulai littéralement sur le canapé. C'est alors que je le vis. Jean n'avait rien perdu de nos ébats. D'une main il se malaxait les couilles, tandis que son autre main faisait aller et venir sa verge. Quelques secondes plus tard, il arrosait nos deux visages de son sperme, dans un râle roque.

D'un doux weekend

# Porn-achat

Cela fait dix-huit jours que Ludivine m'a parlé de son téléachat du sexe. Et l'idée a fait son chemin.

Mon appartement a beau être petit, c'est mon chez-moi, mon espace personnel ; et si je dois me mettre devant une caméra à tester des objets sexuels je veux que me sentir aussi bien que possible. J'ai donc fait du tri dans ma paperasse, vidé les vieux bibelots de grand-mère et rangé mon vieux doudou, mes bouquins et autres trésors de ma jeune vie. Et c'est donc dans un coin de mon intimité, un chez-moi renouvelé, que la caméra est installée.

Mon objectif : qu'à l'écran il n'y ait qu'un mur gris clair, un guéridon en bois tout aussi clair et le lit, sur lequel j'ai posé un drap d'un joli bleu uni en coton. Tout le reste est parti hanter le peu d'espace qu'il me reste. Et moi... Derrière la caméra, j'ai insisté pour qu'il n'y ait que Ludivine. Jean a râlé cinquante fois, supplié, s'est même traîné par terre pour me permettre d'être présent.

« Non, mon ami, hors de question. Je te connais, tu vas vouloir baiser dès que je vais porter une tenue affriolante ou que je vais sortir un joujou.

– S'il te plaîîîît ! Je vais me faire tout petit... Je serais l'ombre de ton ombre, l'ombre de ton chien...

– Ouais, bah couché Médor ! »

Il avait fini par accepter son sort : comme tout le monde, il devra attendre que la vidéo soit en ligne pour y avoir accès.

« Par contre, lui avait lancé Ludivine, je propose que l'on fasse aussi une séquence 'nouveaux goût de capotes'. Et pour ça, il nous faudra de temps en temps un beau mâle. Qui pourrait bien être intéressé ?

– Moi ! Moi ! Moi ! » s'est amusé à hurler l'étalon, les yeux pétillants et le sourire ravi de pouvoir participer de sa façon préférée à l'aventure.

Ludivine l'a embrassé et mis à la porte en lui promettant que nous penserons très souvent à lui.

Pour le premier épisode, nous avons choisi deux accessoires. J'avais envie de commencer plutôt soft, au-moins pour m'habituer à la présence d'une caméra et surtout pour voir si ça avait la moindre chance de marcher. C'est donc vêtue d'une nuisette courte en jersey, dont la longueur arrivait à mi-hauteur entre mes genoux et mes hanches, permettant d'assurer à coup sûr le spectacle dès que je m'assoirai, pourvue par ailleurs d'un décolleté superbement plongeant en dentelle, que je me préparai à parler pour la première fois à une caméra. Et si sous la nuisette j'avais opté pour la nudité absolue, dévoilant au passage mes tétons rendus durs par l'excitation de l'idée, mon visage revêtait un masque noir, à la manière d'une Zorro torride.

Ludivine avait veillé à rendre discrètes les petites imperfections de mon visage par ce qu'elle a appelé « un passage éclair » par la case maquillage, moment qui en fait a duré près d'une heure très sérieuse, où elle prenait soin de détailler chaque millimètre de mon visage, de mon cou, puis du reste de mon corps, qu'il me fallait dévoiler intégralement à la caméra. Sa présence seule me donnait des idées de plaisir et la sentir effleurer chaque parcelle de mon corps emplissait mon désir de tendres ébats ; mais ce n'était pas le moment et je me forçai à tenter de penser à autre chose. Quant à elle, elle riait de temps en temps des frissons qui me parcouraient et des petits excès de respiration qui me prenaient au passage de ses doigts sur certaines parties de mon corps.

Je me plaçai sur le lit et elle prit soin de bien mettre en avant la nuisette et mes jambes nues, déplaçant tantôt un bout de tissus, mon bras ou un miroir, posé là pour apporter un peu plus de lumière par reflet. Quand tout lui sembla prêt, elle me lança un mielleux « Action ! » et un peu confuse je commençai à parler à la lentille. Mes gestes comme mes mots étaient maladroits.

« Salut, je suis Cécile, votre hôtesse pour le porn-achat. À compter de ce soir, j'aurai plaisir à vous présenter par de petites vidéos sans tabou un...

– Attends... il faudrait que tu tutoies, là ça fait impersonnel. On reprend.

– Salut, je m'appelle Cécile, ton hôtesse du porn-achat. C'est inédit, c'est nouveau et sache qu'à partir de ce soir je vais avoir plaisir à te présenter un nouvel article très très sexy chaque semaine. D'ailleurs, je commence ce soir avec un accessoire que personnellement j'adooooore : une nuisette extrêmement douce, troublante et bien sûr génialement sexy... »

Je me laissai rapidement emporter ; je caressai le tissus, allongée sur le lit, dévoilant par la même occasion mon sexe si soigneusement épilé. Je parlai des sensations ressenties lorsque le tissus fin et tellement fluide glissait sur mes seins. Et pour démontrer l'effet de la matière, je faufilai une main sous mon sein à peine voilé et montrai à la caméra le téton bien droit.

La séance dura une petite dizaine de minutes et je me surpris à y prendre, petit à petit, un plaisir fou.

Ludivine me montrait quant à elle des feuilles de papier sur lesquelles elle avait préalablement écrit les consignes essentielles.

« Retrouvez cette sexy nuisette comme le masque sur notre site internet. » Je fis une bise à la caméra et éclatai de rire. C'était fait.

Ludivine n'arrêta pas la vidéo pour autant, porta à son visage un splendide loup de cuir entouré de dentelle noire, qui couvrait à peine plus que ses splendides yeux et elle glissa sur le lit, en retirant d'un geste la robe d'été qu'elle portait. Elle caressa avec une immense douceur le fin tissu qui couvrait à peine ma peau, faisant aller et venir le bout de ses doigts, ses ongles rouge vif. Elle glissa derrière moi, en embrassant tout aussi délicatement mon cou, que je lui offrais avec plaisir.

Elle s'assit derrière moi, une jambe de chaque côté de mes fesses, et poursuivit ses caresses tellement tendres. Je posai ma nuque sur son épaule dénudée, sentant le galbe de ses seins et ses tétons contre mon dos.

Ses caresses descendaient le long de mes courbes, s'attardaient sur les endroits les plus secrets ; je sentais son souffle, volontairement dirigé vers mes seins, créant chez moi des frissons que je n'arrivai pas à maîtriser. Je n'en avais d'ailleurs nullement envie, j'avais juste envie de m'abandonner... Elle glissait délicatement ses doigts sous le tissus, effleurait des ongles encore et toujours plus doucement chaque parcelle, chaque millimètre de ma peau.

Lorsque sa main vint caresser mon mont de Vénus, je sentais déjà des perles de plaisir couler. Continuant à câliner d'une main le tissus fin et mon corps tout entier, elle fit glisser en moi un premier doigt. Ma respiration toute entière était coupée. Je ne contrôlai plus rien depuis longtemps déjà.

Mes jambes totalement écartées, je frémissais, sentais sa respiration presque tremblante à mon oreille. Elle aimait assurément le plaisir qu'elle me prodiguait !

Tous mes sens se trouvaient aux anges. Je sentis un deuxième doigt entrer entre mes lèvres, tandis que la paume de sa main s'appuyait contre mon clitoris. Il n'en fallait pas plus pour que je cède totalement. Le tourbillon m'emportait sous les gestes emplis de douceur de mon amante.

Ses fins doigts allaient et venaient en moi avec toujours autant de tendresse, lentement et au bout de quelques minutes je hurlai ma jouissance, me cabrant totalement sur le corps docile de Ludivine.

Elle se leva, se plaça devant la caméra, embrassa sa main emplie de mon jus pour saluer ceux qui ont eu la chance de partager avec nous ce moment troublant et éteignit la caméra.

Je restai allongée, exténuée mais heureuse, emplie d'un plaisir confus.

« Ludivine ?

– Oui ?

– Je t'aime. »

Elle s'allongea à côté de moi et m'embrassa doucement, une simple seconde, tandis que mes yeux laissaient perler une simple larme. Une larme de plaisir. Nous restâmes ainsi allongés, sans rien dire, ma tête posée sur son épaule, elle couverte de sa simple nudité et moi d'un tissu rendu transparent par la transpiration et les souvenirs des intenses moments d'excitation extrême.

# D'agréables plaisirs

« Ma douce Cécile, à partir de combien tu estimes que notre travail est payant ? »

Quelle question ! Voilà que jouir entre les doigts experts de Ludivine est un 'travail' !

– Je sais pas... La vidéo dure combien de temps ? 20, 30 minutes ? Disons qu'un euro la minute c'est pas mal, non ?

– 284.

– 284 quoi ?

– 284 euro. C'est ce que ton regard endiablé a fait faire comme bénéfice avec juste cette première vidéo.

– Tu déconnes ?

– Viens voir. »

Sur l'écran, je regardai les premiers chiffres de la boutique éphémère. Ludivine a eu beau faire un max de pub, on a qu'une centaine de personnes qui sont venues visionner les images. Mais 11 ont fait une commande, soit en effet un bénéfice de 284 euro.

« Attends, c'est pas tout. Quelqu'un veut s'offrir plus, mais je dois voir avec toi, j'ai besoin de ton accord...

– Tu me fais peur. Tu parles de quoi, là ?

– Non, non... pas de ça, quand même ! C'est juste qu'il y a quelqu'un qui veut acheter la nuisette que tu portais hier.

– Pourquoi celle-là ? Elle est plus neuve.

– Justement. Il veut l'acheter déjà utilisée, avec tes effluves, tes sécrétions.

– Mais c'est dégueu !

– Deux cents balles quand même, le délire ! »

Je regardai Ludivine, médusée. Je me tournai vers le mail reçu, le lus, le relus, demandai si c'était une blague – ce que d'ailleurs Cécile avait elle-aussi demandé à l'acheteur – et lançai un « Pourquoi pas, après tout... » discret mais souriant.

Pendant les deux semaines qui suivirent, Ludivine et Jean passèrent de longues heures à rechercher d'autres objets et tenues, plus sensuelles les unes que les autres. Pour le plus grand plaisir de

Jean, qui assistait à chacune des séances d'essayage. Le pauvre, je le voyais excité à un point extrême quasiment à chaque fois que je portai un nouveau vêtement, toujours plus riquiqui, sans cesse plus agréable au regard. Et dans lequel je prenais plaisir, allez savoir pourquoi, à prendre des poses lascives... Moi-même, en me voyant dans le miroir, j'avais envie de me caresser. Ce que parfois je ne m'empêchais pas de faire, quelques secondes, je l'avoue.

Et si j'avais le malheur de dire *non* à Jean, Cécile quant à elle ne se faisait pas prier, se mettant de temps en temps à genoux devant lui, baissant avec envie son pantalon et son boxer, et avalant goulument la verge qui se tendait devant elle. Alors, je profitai de la pause providentielle, me plaçai sur un tabouret posé aux pieds du miroir et je me masturbai en fixant son regard, qui ne pouvait se détacher de moi. Il ne lui fallait pas longtemps pour éjaculer dans la bouche de Cécile, toujours aussi gourmande, qui ensuite partageait le sperme avec moi dans des baisers fougueux.

Les deux semaines suivantes furent dédiées à l'enregistrement des vidéos de vente... enfin, de vente, j'ai plutôt envie de dire de plaisirs ! Mon appartement se remplissait d'accessoires et de tenues, que j'entassai dans des cartons. Je commençai très sérieusement à changer d'appartement ; après tout, Ludivine avait eu une excellente idée pour augmenter nos revenus.

La première vidéo, quant à elle, continuait d'enregistrer de nouveaux visionnages et les commandes arrivaient en permanence. Comme promis lors du premier enregistrement, nous avons mis en ligne une nouvelle vidéo sur le site internet et nous voyions avec plaisir le nombre de visionnages s'envoler. Le plus excitant était tous les messages reçus pour me féliciter et m'encourager. Des messages d'hommes la plupart du temps, mais quelques femmes partageaient aussi mes plaisirs et commandaient les articles. Bien sûr, il y avait quelques mails haineux, mais nous cliquions directement sur la poubelle, n'ayant aucunement envie de perdre du temps avec les rageux.

Un jour (enfin), Jean eut le droit de rester pour le tournage de la vidéo. Il massait son sexe en me regardant présenter à l'écran une gamme de préservatifs. Puis je lui ai fait signe de s'approcher et avec la bouche j'ai placé une capote sur son engin. La promesse sur la boite : des sensations inédites. Et il est vrai que son visage ne démentait pas l'argument de vente. Au bout que trois minutes, j'ai stoppé la pipe, Ludivine m'a mis un masque cache-yeux, et elle a retiré délicatement le préservatif du sexe de Jean.

## D'un doux weekend

Elle l'a remplacé par un autre et j'ai goûté sur son chibre toujours aussi dur plusieurs capotes, les unes après les autres, de différents goûts : je devais tout simplement reconnaître la fraise, le chocolat, le café, etc. Malheureusement je n'ai pu en goûter que 7, ce cher Jean, surexcité, ne pouvant plus se retenir de jouir.

Nous avons rapidement du mettre deux nouvelles vidéos en ligne chaque semaine et le succès devint sans cesse croissant. En deux mois, nous avions dépassé les 5000 abonnés à la lettre d'information et les commandes continuaient d'arriver à la fois sur les anciennes et sur les nouvelles vidéos.

Chaque fois que je me préparai pour un nouvel enregistrement, je ressentais de mon côté toujours la même excitation. J'ai testé devant la caméra des dizaines de lovetoys, bijoux de corps, tenues, lingeries aisées, lubrifiants, tatouages éphémères à des emplacements très... sexe, massages aux huiles délivrés par Ludivine, jeux érotiques à quatre... Cette fois-là, d'ailleurs, c'était dans un club échangiste... Mais ça, c'est une autre histoire. Que, qui sait, je vous raconterai peut-être un jour ?

D'un doux weekend

© 2018, Cécile Estel / A. Cauchois
Edition : BoD - Books on Demand,
12/14 rond-point des Champs Elysées, 75008 Paris
Impression : BoD - Books on Demand GmbH,
Norderstedt, Allemagne
ISBN : 9782322127092
Dépôt légal : Janvier 2019